朋友未遂

友達未遂

宮西真冬——著
鍾雨璇——譯

目錄

第一章

在舍監帶路下，見到狹小房間的那刻，一之瀨茜想著這就像電影中的病房。潔白的鋼管床和小巧的衣櫥共四組，房間中央是大小微妙的矮桌。高年級生使用的房間右半邊擺了一些個人用品，但左半邊除了家具外什麼也沒有。在白色牆壁包圍下，只有一扇意思意思的小窗，這個空間與其說房間，叫箱子更合適。

我今後就要失去自由，被關在這裡了嗎。

想到這裡，茜不禁苦笑。

自己至今爲止，從未品嘗過自由的滋味。

不過是換個地方和人群而已，茜轉念一想，心情頓時輕鬆多了。她將帶來的背包扔向分配在窗邊的床上。窗外傳來車子倒車進停車場的聲音。說起來行李差不多該送到了。

茜打開窗戶，探頭看向外面。櫻花樹下，穿著藍色制服的男人正從宅急便貨車的貨廂，將紙箱搬到推車上。

離開學還有整整三週，整理行李應該只要幾小時就能馬上結束。三個紙箱，這就是茜的全部財產。

茜向臉上掛著圓滑笑容的舍監打招呼時，她說茜是新生中第一個到宿舍的人，學姊們都返鄉放春假，幾乎都還沒回來。

其他三人不知道什麼時候回宿舍，不過在那之前，自己都能享受獨處時光。這麼一想，剛才還嫌小的房間，感覺稍微變寬敞了。

星華高中是完全住宿制的女子高中。

這裡擁有創校一百三十年的歷史，恪守女子應當溫婉柔順的傳統教誨，校規森嚴，在當地十分有名。校友媽媽主張在三年的宿舍生活中，經驗與友誼都是無處可覓的珍寶，因此將女兒送進星華高中的情形不在少數。祖孫三代都就讀星華高中的家庭也不少，開學典禮上，常看到祖母也列席參加。

話雖如此，與時代脫鉤的校風導致連年招生不足，於是校方在二十年前增設美術科班，受到以美術大學爲志願的學生歡迎，現今入學報考人數大有回升。

家人並非星華高中校友，也不以美術大學爲目標的學生，大多另有隱情。例如非得住進宿舍不可的「隱情」。

茜也是其中一人。

學校位在距離城鎮遙遠的深山之中，學生原則上只有在春假、暑假、寒假等長假才能返鄉。周末也常安排課外活動，基本上禁止外宿。起床和就寢時間不用說，就連用餐、入浴、念書，一切行程都有規定。手機、漫畫及電視等被嚴厲禁止帶進宿舍。管理學生的一切，讓學生養成正確的生活習慣。這樣的做法還是讓人覺得與醫院及監獄沒兩樣。

茜覺得最麻煩的是宿舍房間。學校傳統是讓各兩名一年級生和三年級生同住一間四人房。茜忍不住暗想，只要是單人房，不管房間多小也無所謂。

拿到行李，離晚餐還有時間，茜走到庭院，決定在這帶散散步。三月已過數週，外頭已經到了太陽下山前，即使不穿外套也不怕著涼的溫度。只走了一會，茜已經微微出汗。

茜踢著小石子，漫步在碎石步道上，發現一隻黑貓在櫻樹下。牠看起來是剛出生沒多久的小貓，身形瘦小。黑貓壓低身體到下巴幾乎貼著地面，緊緊盯著茜。茜蹲下來，伸出右手，呼喚牠過來。黑貓小心翼翼地靠近，嗅了嗅茜的指尖。彷彿判斷沒問題，腦袋湊向茜的掌心磨蹭。

「你一個人嗎？媽媽呢？」

黑貓喵了一聲，翻身躺在地上，毫無防備地露出肚皮。茜輕輕撫摸牠的肚皮，黑貓就舒服地瞇起眼睛。

「你也太親人了吧，要更有警戒心啦，警、戒、心。」

黑貓完全沒打算起身，茜便順著牠的意思，繼續撫摸肚皮。忽然間，黑貓豎起耳朵，抬起上半身，視線轉向別處後就定住不動。茜跟著牠的視線，看到一輛白色休旅車伴隨著喀拉喀拉的石礫聲，開進停車場。

茜抱著黑貓起身，黑貓乖順地被抱在懷裡，視線依舊追著休旅車。茜也盯著休旅車。

一對中年男女從駕駛座和副駕駛座下車，過了一會，烏黑直髮的少女從後座乘客席的車門陰影中出現。她將落在臉頰旁的頭髮撥到耳後，抬頭和茜四目交對。少女偏偏頭，微笑說了聲妳好。

「謝利願意讓人抱牠，眞是少見。」

她朝茜走來說道。

「謝利？」

「嗯，這孩子的名字。」

她伸手想搔弄黑貓的喉嚨，黑貓卻張嘴哈氣，惡狠狠盯著少女。

「意思是受人珍愛之物。這孩子現在雖然活力十足，但在兩個月前，牠可是相當虛弱。大概是有人在大雨中拋棄了牠，牠完全不信任人類。還被我逼著吃下苦苦的藥，對我顯然很不滿。我都不知道被牠抓過幾次了。」

仔細一看，她的手掌和手臂上留有幾道看似抓痕的白色痕跡。

「請好好疼愛牠唷。話說妳是新生嗎？」

面對這位初逢乍見卻滔滔不絕的少女，茜懷著戒心，給了肯定的答覆。

「果然沒錯。我從今年春天開始升上三年級。妳的宿舍房間是哪一間？」

「我住櫻之間。」

聽到茜的回答，她的表情燦然一亮。

「妳該不會是一之瀨茜學妹？」

露出懷疑神情的茜默不作聲。

「抱歉，嚇到妳了。我也住櫻之間，也是妳的母親。我叫綠川櫻子，請多多指教。」

走在宿舍的走廊上，櫻子正在向茜解釋學校有所謂的直屬制度。數分鐘前，她叫住茜，讓茜在她和父母話別的期間稍待片刻。茜雖然說自己隨便逛逛就好，但櫻子堅持帶她導覽宿舍。

「直屬制度就是讓三年級生和一年級生配對成組，由三年級生給予各方面的指導。三年級生是『母親（Mother）』，一年級生是『孩子（Child）』。離開雙親，展開初次宿舍生活，總會有不懂的地方吧？因爲是群體生活，自然伴隨著大量規矩和習俗。如果有學習和私人煩惱，當然都能和我商量。不用客氣，我一年級時也受了學姊不少關照。」

「母親」這種難爲情的稱呼，能說出口也眞厲害。茜半心半意地聽著解說，一邊跟在櫻子身後。

「即使是不用上學的日子，早上也要六點半起床。七點前要打理好服裝儀容，在走廊等眞由里寮母來點名，然後到食堂用早餐。妳還沒看過食堂吧？馬上就是晚餐了，我們一起去吧。我放個行李，去去就回，等我一下喔。」

櫻子讓茜在走廊上等候，自己匆匆回房放行李。對於熱切表現出「母親」姿態的櫻子，茜雖然有點無可奈何。但不想多費力氣，所以並未出言反對。

食堂與學生的房間沒得比，空間非常大。隔著大片窗戶，能看到外面綻放的櫻花。與一片煞白的學生房間不同，食堂是由木板搭建的陳舊建築。四人房說不定是後來才增建的，這個想法掠過茜的腦中。不過對茜而言，食堂的輕鬆氛圍讓她比較自在。

「晚安，好久不見了。」

櫻子探頭進食堂的廚房，向穿著白色和式烹飪服的女性微笑。

「哎呀，這不是櫻子嗎？今天剛回來？」

「是呀，因爲擔心謝利。」

「有眞由里在，妳大可不用那麼擔心啦，櫻子眞是責任感強。那邊那位是新生？」

女性的視線看向櫻子身後的茜。

「她是我的『孩子』，一之瀨茜學妹。她剛好在我返校的這一天來，不覺得很像命中注定嗎？」

這個人又在說什麼讓人起雞皮疙瘩的話，茜不禁寒毛直豎。然而穿著白色烹飪服的女性卻彎起眼睛注視櫻子。

「櫻子說得沒錯，這種偶然可不是隨便發生的。茜同學，有櫻子當妳的『母親』，妳可眞是幸運。要好好聽櫻子的話，當個好孩子喔。」

「妳太抬舉我了啦，而且我們宿舍的學生都是好孩子呀。」

櫻子如此回答，臉上的微笑沒有一絲裂痕。

茜依照櫻子所說，取用擺在餐櫃裡的菜餚及白飯，在寫有櫻之間牌子的桌側坐下。晚餐是每天下午六點開始，五分鐘前就要準備好，並在各自的桌子坐好，櫻子說明這是規矩。除了她們以外，食堂只有另一名學生和身爲舍監的眞由里，兩人正在拿食物。

「櫻子學姊，歡迎回來！」

拿著餐盤奔來的學生，晃動和櫻子相同的黑色直髮，彈珠般的眼珠閃閃發亮。

「我回來了，朝子。妳什麼時候回來的？」

「我是昨晚回來的，想說櫻子學姊也差不多要回來了！啊，對了，昨天謝利難得讓我摸摸牠的頭，我開心得不得了。只不過牠還是不肯讓我抱，果然謝利還是只肯親近櫻子學姊。」

茜交握膝上的雙手，像在感受謝利先前在懷中的溫暖。

「謝利想來上輩子一定是貴族吧。氣質高雅，個性刁鑽，眞是拿牠沒法子。牠最近可是連我也不准抱。宿舍還只有朝子回來而已嗎？」

「是呀，好像只有我一個。單獨一個人在偌大食堂吃飯，實在太沒意思了。」

朝子誇張地垂下眉毛，視線投向櫻子。

「既然如此，今天要不要來櫻之間這桌，一起吃飯？也沒其他人在，舍監不會禁止的。眞由里女士，今天要不要四個人一起用餐呢？」

櫻子轉頭看向餐櫃，側著頭提出請求。眞由里爽快答應，拿著托盤來到桌邊。

「那麼懷著對這美妙一日的感謝，我開動了。」

櫻子說出開動後，三人開始用餐，茜也跟著照做。剛才不曾停歇的對話，在開始用餐後就陷入一片靜默，沒人開口。茜猜想這裡用餐時大概不准說話，心中終於鬆一口氣。

鹽漬鯖魚雖然已經涼了，不過也許是調味較重，讓空腹的茜感到格外美味。淋了芝麻醬的涼拌菠菜，以及加了豆腐跟海帶芽的味噌湯，儘管並無特殊之處，不過看來自己不需擔心食物問題。這或許是來這裡唯一的優點，茜一邊想，一邊默默咀嚼。

茜被櫻子拉著來到公共浴室，聽櫻子講解一遍洗衣機和烘乾機的使用方法和規章，她才終於放人，讓茜回房間。在這段期間，朝子一直黏著櫻子，更在結束後興致勃勃地邀櫻子去公共休息室。託她的福，茜才得以獨處。

「茜要一起來嗎？」

櫻子詢問過茜的意願，不過茜表示累了想休息。第一天展開新生活，會累也是正常的，櫻子帶著微笑如此回應，顯得有點可惜似地離開房間。

茜枕著左手，躺在床上望向窗外。漆黑的樹林宛如剪紙，在靛青色的夜空中映出清楚分明的樹影。毫無動靜，恍若壁上掛畫的風景，令人忘卻時間的流逝。

如果能永遠獨自一人，待在這個狹小房間內，不知該有多好。

茜閉上雙眼，遠方傳來像是「呼——」地朝竹筒吹氣的嗚叫聲，大概是貓頭鷹。茜再次認知到自己來到多遠的地方。她心中明白，自己已經不會再回到那個家。橫豎自己並不想回去，所以這點毫無問題。然而一想到過了三年，離開此地的自己又該何去何從，茜的心口就一陣絞痛。她鑽進花朵圖案的棉被中，抱膝蜷成一團，不知不覺失去意識。

不論是叫故鄉還是老家，茜從未擁有深深扎根於一處，張臂歡迎自己歸來的土地或人們。對茜而言，家是搖盪不定，不知何時瓦解的小船。一旦遭遇狂瀾駭浪，自己唯一能做的就是祈禱自己平安抵達陸地。

茜懂事的時候，住在只有一房的公寓。父親常坐在電視機前喝啤酒配花生，茜就在房間角落的扁塌被褥上呆呆坐望。茜唯一被准許的行爲，就是盯著緩慢的時鐘，等待母親兼職下班回來。

父親和公寓幾經更迭，但沒有一個是認眞工作，守護家人的男人。母親永遠都在日夜工作，而父親拿著那筆錢買酒動粗。

成爲小學生的茜醒悟只有自己才能保護自己。每當放學一回到家，她就會趁父親不在的期間，將利器全部藏進衣櫥，並且洗好衣服掃好地，拚命做到無可挑剔的程度。儘管如此，昨天被誇獎或沒被罵的事情，到了今天，就可能變成挨罵的原因。茜非常清楚黃湯下肚的男人多麻煩。

母親下班的時候，父親多半已經喝到不省人事。在母親返家之前，茜大多待在公寓前的公園等候。

在會讓人錯認爲滿月的街燈之下抱著野貓的時光，遠比和父親一起待在散發潮濕霉味的房間內，要來得安全許多。

「妳在這種地方做什麼？」

將頭髮紮成一束的母親，一見到茜就嘆氣。

「……爸爸上了門鍊，把我趕到屋外。」

茜總是忍著不掉眼淚，因爲母親說過她在世界上最討厭的就是哭鬧的小孩。

母親皺起眉頭。

「爲什麼老是沒辦法好好相處呢？反正又是妳做了什麼讓他不高興的事情吧。」

「我才沒有，我只是想去洗澡而已。」

父親那天的地雷是放洗澡水。

不知道是喝酒還賭馬，父親傍晚到家的時候，就已經心情不好。他一邊拿母親事先做好的滑蛋雞肉和涼拌豆腐配酒，同時不停切換電視頻道。

茜決定早早上床睡覺。爲了趕在父親罵人前洗好澡，她走到浴室轉開熱水器開關點火。

「妳在幹什麼！妳是打算引起火災，把這個家燒掉嗎！」

腳步聲咚咚響起，父親轉瞬就來到茜的背後，毫不留情地揮下拳頭。拳頭打中太陽穴和耳朵，一切聲音頓時從世界上消失。茜雖然知道父親正在破口大罵，但是眼前景象就像沒有打開聲音的電視，父親只是不停動著嘴巴。

聲音重回世界之前，茜的臉上又挨了一拳，隨後就這樣被趕了出去。逐漸恢復聽力的耳中，傳來鄰家歡樂的笑聲。

「媽媽，我們兩個人一起過活吧，我什麼都願意做。」

「眞是的！別說些莫名其妙的話，我現在可是累得要死。」

母親兩手捂頭，閉緊雙眼。這個動作代表母親不想再聽任何事情，茜只能說對不起。

茜被一陣扒搔聲響吵醒。從被窩起身後，映入眼簾的陌生房間，讓茜一瞬間不知道自己身在何處。儘管覺得自己睡了很久，但一看時鐘，茜才發現只過了二十分鐘左右。

窗外再次傳來抓撓牆壁的聲音。茜爬出被窩，打開窗戶往下一看，結果和一對碧藍眼珠對上視線。謝利正伸長身體，探頭看著茜。

「怎麼，原來是你啊，嚇我一跳。」

茜喃喃嘟噥，謝利回應似地喵了一聲。

「什麼，你是想來這邊嗎？」

謝利又喵了一聲，直勾勾注視著茜。茜的手伸出窗外，大概被謝利當成許可的信號，牠無視援手，直接一躍跳上窗台。

「哇喔，好厲害。你的運動神經眞好。」

也不知道謝利是否聽到茜的話，只見牠翩然跳到床上，在床單上蜷成一團。

「等等，那可是我的床。是說你能進房間嗎？不會害我被罵吧？」

謝利抬眼瞥了茜一眼，不感興趣似地又閉上眼睛，一副準備入睡的模樣。一起一伏的背部彷彿能聽到鼾聲。

「你待著也不是不行，但是可不要發出聲音喔。」

茜說完之後，自己也躺到謝利身旁，蜷起身體蓋上棉被。牠微微一動，偎近茜的胸口。茜雖然一時繃緊身體，隨後就這樣靠著牠，閉上雙眼。

❀

「我眞是嚇了一大跳。」

櫻子自己說著，又好笑似地發出輕笑，同時像掩飾般掩著嘴。圍在她身邊的女生們也同樣吃吃笑了起來。

距離開學不到一週，大多數的學生都已經到宿舍報到。新生們也差不多將基本的生活規範記在腦中。

公共休息室的沙發和椅子幾乎都被占據，有人在看電視，有人在聊天，休息室中一片嘈雜。茜不禁微微嘆氣，懷念起短短兩週前的時光。櫻子的閒聊雖然很煩人，不過朝子總會興高采烈地作陪，所以茜有不少個人時間。其實茜現在也很想一個人待著，但櫻子不同意。只要一有她的朋友返校回宿舍，她就會拉著茜去介紹「這位是我的孩子」。

「那件事我不管聽幾次，都會笑到流眼淚。」

盤據櫻子左側位子的朝子誇張地大笑。她說的「那件事」，是謝利和茜睡在同一張床鋪後，隔天早上發生的事情。

「我自己也是不管講幾次，都會忍不住笑出來。當時我為了趕在晨間點名前叫茜起床，沒想到掀起棉被，卻突然跳出一團黑球！我嚇了一大跳！誰想得到茜竟然會和謝利睡在一起呢？」

這件事不知道已經聽幾次，茜不知不覺嘆息。她完全不懂這件事有什麼好笑。根據櫻子及她的粉絲們，謝利至今為止，從來不曾主動鑽進別人被窩。牠的床是在舍監房間地板上的籃子裡，據說牠很喜歡那裡。

「眞由里女士還很擔心，謝利晚上都沒回來。聽到我跟她說這件事，她也笑出來，還說今後就算謝利沒回家，她也不用擔心了。」

櫻子聊起事情的時候，氣氛就會隨之一柔。周圍的仰慕者們表情也會跟著一緩。她坐的沙發周圍，聚集的自然都是想聽她談話的人，不過其實整間公共休息室的人，似乎都很想和櫻子聊天。這個小小世界的中心，正是櫻子。

「茜，妳知道嗎？目前唯一曾和謝利大人同床共枕的，就只有櫻子學姊而已。謝利大人是當初櫻子學姊在森林裡，發現牠渾身濕透才帶回來的。當時牠還好小一隻，又好瘦弱。照眞由里女士的說法，是連一晚都很難撐過去的狀態。多虧櫻子學姊在被窩裡把牠抱在懷中，替牠取暖，牠到隔天早上才終於喝了一口牛奶。當時大家都感動到哭了，對吧，櫻子學姊？」

面對滔滔不絕的朝子，櫻子浮現宛如聖母的微笑。

「眞的是太好了，謝利變得這麼有精神。現在牠可是誰的話都不聽的搗蛋鬼。」

一陣輕笑之後，櫻子道聲歉，起身離開房間。

茜跟著告退，準備起身回房的瞬間，被朝子出聲搭話。

「茜眞好。」

「眞好是指什麼事？」

「這還用說，當然是有櫻子學姊當『母親』這件事啊。放春假之前，大家都在討論，不知道能當上櫻子學姊『孩子』的人，會是怎麼樣的人。妳看，我們二年級生的『母親』都已經畢業了，現在沒有『母親』，但也沒辦法當三年級生的『孩子』，畢竟『孩子』是一年級生的特權。

「櫻子學姊從二年級的時候，就是大家的憧憬對象。她不但是單一學年內僅僅五人的模範生，現在還擔任學生會會長。宿舍和學校的事情都是由櫻子學姊一手掌管。她總是配戴在水手服衣襟上的星星徽章，代表的是模範生，花朵徽章代表的則是學生會成員。天啊，妳眞是有夠讓人羨慕的，妳們說對吧？」

先前聚集在櫻子身上的視線，不知何時開始，都轉而投注在茜身上。茜盡可能避免對上她們的視線，帶著曖昧的笑容起身告退，離開休息室。

回到寢室，就得和已經全員到齊的室友們打照面，嫌麻煩的茜穿上拖鞋，走到屋外。沒想到謝利正睡在長椅上，毫無戒備的睡臉讓茜噗哧一笑。我能坐在你旁邊嗎？茜開口詢問，在謝利身旁輕輕坐下。

牠短暫睜眼，隨即不感興趣似地閉上眼睛，不過卻用額頭磨蹭茜的大腿。

「很癢耶。你不是愛搗蛋嗎？老在這種地方睡懶覺，沒關係嗎？」

茜想起剛才聊天的人們對謝利的評語。不論是手臂被抓得滿是傷痕，或是不肯給抱，還是不肯跟人一起睡，茜都覺得難以置信。儘管態度冷淡，但謝利分明渴望著愛。比起搗蛋鬼，說是臉皮薄又愛撒嬌，還比較準確。那些女生根本什麼都不懂。

謝利突然起身，毫不猶豫地跳下長椅。走出幾步，又回頭看向茜。是要我跟上嗎？茜出聲詢問，只見謝利邁開步伐，絲毫不在意茜穿著拖鞋，一步步走進樹林深處。

有溪流的聲音，正當茜這麼想的時候，謝利停下腳步，轉頭往上看向茜。牠一面用身體磨蹭，一面在茜的兩腳間悠然繞著八字。茜抱起謝利，從勉強算是路的狹窄山道往下走。一如茜的預想，一條溪流出現在視野之中。

波光粼粼，反射著陽光的水面讓茜一時移不開視線，此時懷中的謝利喵了一聲。茜以為是自己抱太緊而放鬆力道，卻發現櫻子在溪邊的身影。

她一個人在這種地方做什麼？茜心生疑問，但馬上搖搖頭。既然不希望有所牽扯，自己不該打探對方的事情。

茜轉身邁步，想趁被發現之前離開，卻聽到櫻子說「抱歉」。茜原本以為被發現了，回頭一看，櫻子正坐在溪邊的木製長椅上，望著水面說話——和手機另一端的人。

遊戲機、傳呼機和手機，理應都被嚴厲禁止帶入學校。她握在手中的銀色物體，與她一一指導解說規範與生活禮儀的身影格格不入。

宿舍想來沒有半個人知道櫻子在那身制服的裙子口袋中，隱藏著禁忌之物，更不會知道她說話的對象是誰。

茜彷彿被定身一樣，呆呆地站在原地。結束通話的櫻子回頭發現茜的時候，臉上的表情宛如在半夜遇到幽靈，寫滿驚恐二字。

「茜，妳怎麼會在這裡——」

不過她在一瞬間之後，臉上就掛回微笑，讓茜幾乎懷疑剛才只是自己的錯覺。

「被發現了呢。」

「……我是在追謝利的時候，偶然看到的。」

面對走上山路的櫻子，茜直直盯著她。即便在山中，櫻子仍舊舉止優雅，毫無改變。

「家母容易擔心，只要不和她聯絡就會開始慌張，所以才讓我拿著手機。不過宿舍規定不准帶手機，所以家母一打電話，我就會像這樣偷偷回電話給她。茜，妳能把這件事當我們兩人的祕密嗎？」

伸到面前的小指白皙纖長。

茜抱緊懷中繃緊身體的謝利。

「就算不勾小指約定，我也不會對任何人說。我先走了。」

茜看也不看櫻子的臉，直接跑離現場。樹枝和雜草刺進拖鞋縫隙。雖然吃痛，但茜無法停下腳步，一口氣逃回了宿舍。一回到停車場，謝利就躁動不安，想要跳下地面，於是茜輕輕蹲下，放開謝利。

謝利若無其事地抬起右腳搔臉，打了呵欠就蜷成一團。

茜蹲在旁邊，心不在焉地望著牠。

茜無法克制心中寒毛一根根豎起的感覺。從一開始櫻子向自己搭話的時候，這份不快感就一直揮之不去。

茜討厭櫻子。

不論是對自己充滿自信的言行舉止、處變不驚的愉快微笑，或是好管閒事的態度，在在令茜心生不快。

櫻子的一切都與自己恰好相反，就在剛才，茜終於明白了兩人之間爲何會有如此巨大的差異。櫻子落落大方的態度，想必是在雙親豐沛的愛情之下，毫無懷疑地成長。

茜是一路換乘電車和公車，獨自一人來到宿舍。車窗外的景色愈來愈陌生，不過茜只能裝作沒看到，努力告訴自己一切沒事。

然後櫻子又如何呢？她是父母一起開車送她來，還因爲擔心她，讓她隨身帶著手機，簡直天差地遠。

如此天差地遠的兩人絕對不可能理解彼此，茜也不想從對方口中聽到我明白三個字。什麼「母親」，什麼「孩子」，這種制度根本毫無意義。

「茜，櫻子學姊不在房間，妳知道她人在哪裡嗎？」

朝子從宿舍窗戶探頭詢問，茜搖頭，隨即站起身。

「我說妳就不能改改妳那態度嗎？剛才也是，話才說到一半，妳就擅自跑掉！」

「妳說要改，是希望怎麼樣呢？」

「別人在跟妳說話的時候，臉上要帶著笑容！妳既然是櫻子學姊的『孩子』，就多學學人家吧？妳知道有多少人想當櫻子學姊的『孩子』嗎？」

眞是夠了，茜感到一陣煩躁：不管自己是誰的「孩子」，我就是我，少把自己狹小世界的渺小價值觀，強加於他人之上。

「我其實不太喜歡這樣。」

「呃？」

脫口而出的話語已經回不了頭。

「『母親』、『孩子』這種事情，雖然不知道是誰決定的，不過我一個人就能生活。如果有人想當櫻子學姊的『孩子』，請說一聲，我樂意交換。」

茜點頭致意，走進宿舍，筆直返回櫻之間。從走廊傳來朝子大聲吵嚷的聲音，不過即便時間倒流，茜也不打算收回剛才的話。不管說過什麼，只要一有危險，人類就會輕易拋棄他人。人類就是這樣的生物，既然如此，安全的時候虛情假意應酬也毫無意義。

掛在櫻之間房門內側的白板，用宛如書法帖的字，寫著「我去美術室」。訊息最後的署名是大島、星野。

同寢室友人在學校的話，早知道剛才就應該直接回房。

茜一倒進床鋪，睡意猛然襲來。再次睜開眼睛，是被櫻子叫醒的時候。現在是晚餐時間囉，她一如往常地向茜露出微笑。

和昨天相比，學生的人數增加了不少，整個食堂充斥著女孩們的話語聲。茜拿了托盤，在櫻之間的桌位落座。同寢的室友不知何時從學校回來，並肩坐在窗邊的座位。

「千尋同學，妳今天是去了美術教室嗎？」

櫻子向坐在面前的俐落短髮少女詢問。大島千尋，和櫻子同樣是三年級學生。

「嗯，我怕春假期間缺乏練習，影響手感。況且我也想帶眞琴看看美術教室。」

坐在千尋旁邊，留著鮑伯短髮的女生點了點頭，然後就大大方方，毫不客氣打了一個大呵欠。與其說她徹底融入食堂的氣氛，不如說是因爲她的態度太過自然，導致大家產生一切正常的錯覺。她就是星野眞琴，和茜一樣是新生。兩人是「母親」和「孩子」，同時是美術科班的學姊和學妹。

「千尋同學眞的很厲害，我常在文化祭上看到千尋同學的作品，畫得就像眞的。眞琴眞是太幸運了，今後可以從千尋同學那邊學到很多東西。」

櫻子微笑說道，眞琴只是敷衍地應聲說是。

「技術方面的事情我當然會教，不過在這之前，得先矯正生活方面的部分。妳今天又睡過頭了，衣服有洗嗎？」

千尋這麼一問，眞琴大嘆一口氣，回答還沒。

「用完餐後馬上去洗衣服，妳就用烘衣機吧。按照規定，一年級新生其實不能用烘衣機，所以由我來操作烘衣機。妳的髒衣服都堆成山了，明白了嗎？」

「明天再洗衣服也行吧，又不急。」

「就算妳不急，一口氣曬一堆衣服，是會造成其他人困擾的。」

「……唉唷，眞是有夠煩的。」

櫻子看著兩人的互動笑了出來。

「千尋同學和眞琴感覺眞是很速配呢，好有默契。」

「『孩子』要是別這麼讓人操心就好了，我還羨慕妳呢，妳的『孩子』挺能幹。」

千尋小口喝著味噌湯，視線從湯碗邊緣望向茜。銳利的視線讓茜一陣畏縮。

「眞的，妳衣服都已經洗好了吧？」

茜正打算點頭，卻啊了一聲。

「我早上把衣服晾在曬衣場，還沒收起來。」

「這種程度還好，這邊可是連洗都懶得洗。」

眞琴被千尋戳了戳，轉過臉吐舌頭。

「茜任何事都能獨自完成，好像不需要我在旁邊。不過如果有什麼事發生，一定要找我幫忙喔。」

茜點了點頭，也開始喝起味噌湯。自己絕對不會找櫻子幫忙，她在心中發誓。

用完晚餐，茜向另外三人告退，前往曬衣場，卻發現晾在曬衣場的毛巾、T恤和內衣全掉在地上。原本夾在衣服上的曬衣夾也被折斷，掉在衣物旁邊。衣物上還留有鞋子踐踏的痕跡。

「茜，怎麼回事！」

陪著千尋及真琴一起來到曬衣場的櫻子發出哀鳴，在茜恍惚沒有動作的時候，先一步撿起地上的衣物。

「這可真過分，衣服都得重洗了。以防又發生什麼事，妳就用烘衣機吧。到衣服乾之前都在旁邊守著比較好。」

茜點頭回應千尋的提議。一想到要重曬衣服就累，千尋的提議對茜而言感激不盡。

「好了，妳振作一點。」千尋拉起抱著衣物蹲在地上的櫻子。看到櫻子的臉，讓茜吃了一驚。櫻子流著眼淚。

「到底是誰做了這麼過分的事情……」

櫻子向真由里解釋情形，暫時准許茜使用烘衣機。真由里提醒茜留意有沒有什麼東西少了。

櫻子坐在舍監室的沙發上，屢屢哽咽到說不出話，淚水不曾停過。茜第一次看到有人為了自己哭成這樣。

這個人一定是個好人吧，簡直就像天使一樣。然而茜就是無法相信櫻子。畢竟世界上根本不可能存在願意愛自己的人。

✿

起床時間前，茜就被聲響吵起。開學三週後，茜終於習慣課業與宿舍生活，不過每天一到就寢時間就累得不得了，平常到起床音樂響起前都在呼呼大睡。因此當茜看向床旁的時鐘，發現距離起床時刻還有三十分鐘，不由得感到吃驚。

咚，房門方向傳來聲音。茜坐起身，瞇眼張望。門縫下似乎有東西。其他三人都還沒起床，茜盡可能不發出聲音，在昏暗房間內走向門口。

茜抽起夾在門縫的東西一瞧，原來是櫻花粉的信封。信封上用宛如被雨水濡濕的大地色墨水，寫著「給櫻子學姊」。

「茜，怎麼了嗎？」

剛剛還背向門口，裹在棉被中的櫻子起身，注視著茜低聲詢問。她的膚色顯得比白天更爲白晢，一撮方向相反的瀏海翹了起來，顯得比平常帶了一點不設防的感覺。

「這個。」

茜將信封遞到櫻子面前，櫻子取出裡面的信紙後，輕笑一聲，細細讀起上面的文字。

「又是朝子寄來的情書？」

結果千尋也起身坐在床沿，大大伸了懶腰。

「似乎是。升上三年級課業變重，我比較少去公共休息室，她寫信說很難過沒辦法像之前一樣常常聊天，眞可愛。」

櫻子從床底下拿出印著花朵圖案的盒子，像收藏寶石一樣將信收進盒中。盒中隱約可見各種粉紅色的信封，緊密地塞在裡頭。

「這種程度就會嚇到的話，到了情人節或聖誕節，妳恐怕要心臟病發昏倒了。」千尋用不像開玩笑的認眞表情告訴茜。

「去年聖誕節的時候，房間門前因爲禮物盒堆太高，差點打不開。不過我們也分了一杯羹，倒是無所謂。櫻子的愛慕者多到數不完。」

對此不置可否的櫻子只是帶著一如往常的微笑，拿起盥洗用具離開房間。回房的時候，想來又會變回平常完美的模樣。

「是說茜也眞是辛苦啊。」

千尋拿出盥洗用具，一邊喃喃低語。至今從未有人對茜這麼說，讓她有些吃驚。

「辛苦是指？」

「畢竟妳可是櫻子的『孩子』啊，如果是我，絕對敬謝不敏。這麼受到大家的矚目和嫉妒。反正衣服的事情，一定也是她的粉絲做的好事吧。妳有什麼猜測嗎？」

千尋一問，茜的腦中馬上浮現朝子的臉。她先前就隱約猜想會不會這樣，但刻意讓自己忘掉這回事。她不想爲了想破頭也沒轍的事情煩惱。

「反正妳就盡量低調一點吧。和櫻子太親密會遭人嫉妒，冷淡一點又會被說態度高傲。有什麼我能幫忙的事，就說一聲，我盡我所能。」

千尋乾脆明快，不拖泥帶水的說話方式，讓茜感到心安。她老實道謝。千尋要求她再過一會就把眞琴叫起來，就出了房間。儘管講話講得這麼大聲，眞琴仍舊呼呼大睡。

茜打開小小的窗戶深呼吸。冰涼的空氣流進肺部，令人頓時清醒。白天雖然暖和，但是早晚仍舊偏涼。茜來到這裡，第一次知道山上的氣溫一日之間變化這麼大。

等櫻子回來就能出門盥洗，茜準備好用具後，坐在床沿注視著門。

最近的疲憊絕非只是因爲課業和宿舍生活。

不管是在學校，還是在宿舍，他人的視線都讓茜耿耿於懷。並非茜自我意識過高。擦身而過時，對自己容貌的批評、下課時段光是坐在座位都會感受到尖銳視線，上下學時也常被不認識的人突然搭話。

櫻子的「孩子」，光是這樣的理由就引起他人興趣，遭到他人批評，讓茜深以爲苦。現在仍在床上作春秋大夢的眞琴讓茜無比羨慕。並不是因爲她的「母親」是千尋，這幾週來同住一間房，茜得知千尋也有不少仰慕者。

這種事情，眞琴想必毫不放在心上吧。

照自己的想法，依自己的喜好做喜歡的事情，對周圍的看法不以爲意。儘管如此，茜不曾聽到有人批評眞琴。大多數都說千尋和眞琴剛好互補。

櫻子和茜明明也是完全相反的組合，但爲什麼就是不順利呢？

櫻子如果是盛開的櫻花，和煦地守望著令人心情雀躍的三月陽春；那麼茜就像是攀附在櫻樹上的毛蟲，只會招人嫌惡驚叫，絕不會有人心生憐愛之情的生物。茜在腦中想像著渾身長滿尖刺又帶有毒性的毛蟲，愈想愈覺得和自己一模一樣。

腳步聲逐漸接近房間，茜出聲呼喚差不多該起床的眞琴，和剛踏進房門的櫻子錯身而過，匆匆前往盥洗處。

櫻之間的四人一起來到學校，到鞋櫃前終於和櫻子分開，茜撫胸鬆了一口氣。又想打呵欠的眞琴，被千尋大聲叮囑再這樣小心滾下樓梯。眞是囉嗦啊，眞琴說著又打了呵欠。

周圍的學生都看著這一幕笑了。

茜走進一樓的教室，在最後方的座位落座。一如往常將書包中的課本及筆記放進課桌抽屜，但是抽屜深處有發出沙沙聲的東西卡在那裡。茜摸索抽屜，摸到有點厚度的紙片。她抓住紙片抽出來一看，發現是顏色宛如夕陽的橘色信封。刺眼的橘色讓茜連忙用課桌和身體遮住信封。

雖然知道自己不夠格，但茜的腦海還是浮現今早櫻子收到的情書，縈繞不去。茜偷偷將信封塞進裙子口袋，到廁所拿出信封來看。

信封的顏色就像茜小時候在公園看到的夕陽。七隻烏鴉的音樂流淌在公園內，朋友們都回家去了，只有自己孤獨留下。茜知道自己必須度過漫長時間，等待母親返家。不過茜不討厭在空無一人的公園，眺望逐漸西沉的夕陽。待在家裡的人無法看到這片美麗的天空。只要想到自己獨占了這片天空，消沉的心情也變得有點輕盈。

信封的顏色正如同那片茜紅色的天空。

茜小小吐氣，打開信封。裡面是比信封薄，摻著白色調的淡色信紙。茜打開信紙。

〈去死吧〉

小小的一行字，讓茜莫名地略感安心。

如果是讚美自己，傾訴心意的文章，自己一定會懷疑背地裡是不是另有隱情。這樣的話，還不如這簡潔的三個字要來得直率，使人安心。畢竟茜早就知道世界上有著嫌自己礙眼的人。

茜撕碎信封和信紙，丟進馬桶沖掉。隨著水流打旋沖走的紙片不再是茜紅色，只是品味差勁的橘紅色。

茜不想在教室中打開便當，於是到走廊從窗戶眺望中庭。白三葉草錯落綻放於草坪上，在傾注的陽光中盈盈閃爍。光線也將像在野餐般打開便當的少女們臉龐照得燦爛無比。

茜踏上階梯，尋找獨自吃便當的地方，沒想到前方出現眞琴的身影。察覺背後有人的她也回過頭，露出吃驚的樣子。「妳怎麼會在這裡？」

「眞琴又是爲什麼在這裡？」

兩人都提著宿舍食堂提供的制式便當。

「我想在美術教室吃完便當，繼續弄學校的作業。現在就連社團都有作業要交，實在忙不完。」

「……原來如此，妳目前在忙什麼？」

「學校作業是石膏素描，社團作業則是和千尋學姊一組，畫彼此的人像畫。眞的是有夠麻煩，畢竟和學姊相對作畫又需要多加留神用心。」

「這樣啊。」

「茜呢？妳在這裡做什麼？」

「我……在找吃便當的地方。」

茜老實回答。眞琴說了一聲妳也眞辛苦，然後出乎意料問。

「那妳要來頂樓吃便當嗎？」

眞琴提出讓茜出乎意料的建議。

「要去頂樓之前，得先經過美術教室，妳知道這件事嗎？通往頂樓的門，就在我目前使用的教室後方。」

「閒雜人等也能進去嗎？」

「應該還好吧？反正現在天氣熱，我也沒看過別人來。」

眞琴邁開大步，走進美術教室，茜慌忙跟在後面。

「妳就盡情待在這邊吧。」

「明白了。」

茜這麼回覆，眞琴的注意力就從茜身上轉移。她坐在地板上，在椅子上打開便當，拿起筷子盯著畫紙。

茜轉動門把，門把發出彷彿生鏽的輕微聲響。她用點力，推開門，風從打開的隙縫灌進教室，貼在牆上的畫紙被吹得獵獵作響。

茜鑽進打開的門縫，來到屋外。眼前頓時像被探照燈打在臉上，亮得睜不開眼睛。即便閉起雙眼，眼皮內側依舊烙著白光。茜緩緩睜開眼睛，過了一陣子才適應光線。

眼前是在陽光下閃閃發亮的鐘塔。儘管從天台這邊看不到時鐘盤面，不過紅磚砌成的鐘塔，依舊予人一種誤入異國他鄉的錯覺。

茜靠著欄杆坐下，打開便當。便當內有兩個飯糰、煎蛋捲、鹽漬鮭魚、炒牛蒡和柴魚拌青花菜。茜一口咬下裹著海苔的飯糰，就嘗到昆布內餡的滋味。味道和便利商店的飯糰完全不一樣——每次品嘗宿舍伙食，茜都會暗自感動。

去死吧，茜以爲這句話對她而言，已經無法再造成任何傷害。自己至今爲止不知聽過這句話多少次，根本就像招呼問候一樣習以爲常。

茜現在之所以想離開人群，是對於自己竟然曾經抱著一絲期待而感到羞恥。說不定有人需要自己，願意寫信給自己——茜難以容忍自己還抱有這樣不切實際的幻想。

「遇到這個人的瞬間，我就知道他一定能讓我幸福。這算是直覺嗎？這次絕對沒問題的，茜。」

母親每次介紹新的男人時，都會這麼說。茜起初有所期待，結果沒一個好東西。他們的共通點是好高鶩遠，滿口空話，其實根本就無法自食其力。這樣的男人怎麼可能讓母親幸福呢？茜滿是疑惑。最後他們都一如所想，一個個離開母親身邊。有些人是找到比母親更能賺錢的情人，有些人是忍受不了母親的束縛，理由五花八門。即使如此，母親依舊不曾間斷地帶新的男人進門。

不知第幾人的父親某一天突然消失，只留下債務，母親是他的擔保人。

「要回老家了，行李收拾一下。」

光憑母親打工的薪資，根本是杯水車薪。就在還錢愈來愈困難的時候，母親突然拋出這句話。當時茜已經升上小學六年級，在此之前，茜對母親的雙親從未有過具體的想像。母親不曾在對話中提到父母。面對一到暑假就說要回鄉下的朋友，茜雖然心生羨慕，但猜想自家之所以沒有這樣的習慣，應該是外公外婆都已經過世了。

那一天是炎熱的夏日，茜將最低限度的行李塞到書包和波士頓包中，隨著母親一路轉搭新幹線和電車，在目的地的車站下車。車站旁的公園傳來如暴雨般傾洩而下的蟬聲，讓人快聽不到沉默的母親吐出的話語。

「就是那棟房子。」

許久未曾開口的母親指著前方大約五十公尺處。

「那一棟像旅館一樣的房子？」

茜的嗓音因爲吃驚而拔尖。氣派的古風宅院比茜去過的朋友家都來得大。房屋四周圍著精心修剪的松樹，深處還隱約看得到池子。不知道這個庭院究竟有多寬廣，大門到房子感覺有好一段距離。

「要是以爲能過上像住旅館一樣的生活，妳就大錯特錯了。」

母親按下對講機，說了一聲「是我」。

過了一段時間，臉型尖削，有著令人印象深刻的狐狸眼中年女性出現了。她仔細盤著髮髻，塗著鮮紅的口紅，穿著深藍色條紋圖案的和服。

「竟然跑回娘家來，淨給人帶來麻煩的女兒。我早就說過，和那種男人在一起不會有好事。」

她一看到茜和母親的臉，就丟下這句話。

「要是妳們橫屍街頭，有損一之瀨家的名聲，這邊也會感到困擾。我會讓妳們住在這裡，但不要給我們添麻煩。」

茜默默地走在走廊上，跟在外婆身後。外婆直視前方，繼續說了下去。

前方有一位白髮老人走了過來，和外婆說了一聲「散步」，對茜她們則視若無睹。

「妳父親說要當妳們不存在。妳們吃飯就待在自己的房間吃，盡可能不要出現在我們的視線範圍內。如果有什麼非講不可的事，就找我說。妳要記住，我們兩人都不想和妳們多有瓜葛。」

外婆領著她們來到母親孩提時用的和室房間，再次叮囑她們安分一點後，才離開房間。母親丟下行李，坐在窗邊，呆呆地望著外面。兩人無話可說，言語彷彿從這個世界上消失。茜躺在榻榻米上，望著天花板的紋路打發時間。

晚霞從天空褪去的時分，母親站起身，丟下一句「我去拿晚餐」，就離開房間。茜雖然想過要去幫忙，但思忖自己還是盡量不要出現在視線範圍內，於是選擇留在房間。不過沒過多久，就從廚房所在的一樓傳來對罵的聲音，茜連忙豎起耳朵。雖然馬上聽得出是外婆和母親，卻聽不清楚兩人爭吵的內容。

「茜，今天沒有晚餐。」

回到房裡的母親一臉疲倦地丟下這句話。

「咦，為什麼？」

「不為什麼。明天早上就有得吃了，忍耐一點。」

不成說明的回答讓茜難以接受，不過母親已經從壁櫥中拿出被褥，背向茜鑽進毯子。茜沒辦法再說什麼，只能在旁邊鋪好被褥，背著母親躺下，讓母親別出現在視線範圍內。

白天彷彿要把人煮熟的高溫就像假象，從窗戶流進的清涼夜風吹拂著臉頰，讓人舒服得昏昏欲睡。眼皮愈來愈重的茜放棄掙扎。宛如去游泳池戲水後的倦怠感，讓她湧起想就這樣長睡不起的想法，畢竟睜開眼睛實在太痛苦了。

不合常態的轉學生讓大家充滿興趣，不過茜遭到眾人的疑問砲轟，因爲她住在「大宅子」裡。

身爲大學教授的外公居住的宅邸，在這一帶似乎相當有名。「一之瀨同學的爸爸也很有錢嗎？」面對同學天眞無邪的詢問，人生從無一日不爲金錢發愁的茜當場傻住，一時之間無法回答，好不容易才終於擠出一句話。

「我沒有爸爸……」

同學們頓時一陣尷尬，讓茜覺得有些抱歉。

不久，同學們從父母口中聽聞「大宅子」的內情，便不再接近茜，大概是被父母叮囑不要和茜走得太近。

母親曾經是不良少女，上了高中就成天打工，不太回家。她一畢業就離家出走。和在打工處認識的男人私奔，當時她的肚中已經懷了茜。她自那以來就不曾回家露面，外公外婆深受打擊——茜全都是從眾人間的流言得知這些事情。

上學路上，被附近的大嬸說著「就是那孩子吧」，從背後指指點點的理由，以及外公外婆態度所代表的意思，讓茜明白了：母親就是被這個城鎮嫌惡，才選擇離家出走。

沒有玩伴的茜在放學後就回家，母親每次都不在房間。茜不由自主地鬆一口氣，不用在意不發一語的母親，也不需要擔心自己會忍不住爆發對母親的忿恨不滿。

茜在置於房間一角的老舊書桌上攤開課本和筆記，與數學作業對望。母親當年的東西還堆在桌上，不過茜加以整理後，清理出可用的空間。對茜而言，這是她第一張書桌。和母親與她的男人一起生活的時候，茜都在房間角落的紙箱上做作業。只要男人一開始喝酒，茜就無法使用矮桌。除了矮桌之外，屋內又沒有任何可以稱爲桌子的家俱。母親偶爾興起會買少女漫畫給她，爲了增添一點可愛的氣息，茜還會小心翼翼地在紙箱貼上少女漫畫附贈的貼紙。這就是茜唯一的空間。

母親生長在有人買書桌給她的環境下，這件事讓茜痛苦。她情願和母親交換。如果是茜，她會努力讀書上高中、大學，好好找一份工作。工作賺的錢足以讓她不愁溫飽。同時她也會和外公外婆好好相處，對自己的未來負責。然而他們對茜十分冷淡，就因爲茜是母親的女兒。

全都是母親不好。

茜一想到這裡，想和母親兩人生活的想法，就像騙人一樣消失無蹤。她想拋棄母親，想對她說：我根本不需要妳。

來到這處宅院後，大約過了兩個月。

茜從學校回到房間，房間內一如往常不見母親的身影。正當茜對於母親不知道又上哪去而感到傻眼的時候，她突然發現母親放在書桌旁的波士頓包不見了。茜慌忙打開衣櫃，裡面獨缺母親的衣服。她衝到玄關，母親的三雙鞋全都不見蹤影。

爲什麼會是妳丟下我，明明是我想要丟下妳。

母親第二天也沒回來。

外公外婆在客廳和律師討論，茜豎起耳朵偷聽他們談話。聽到母親大概是確認外公已經替自己償還債務，才離開這個地方，茜覺得雙腳彷彿在地上生了根，無法動彈。

——自己是不被需要的存在，恐怕自始至終都是如此。茜雖然有察覺，但一直裝不知情，現在終於被現實擊中。

自己今後究竟何去何從，茜看不到未來。

客廳出來的外婆丟下一句「眞是燙手山芋」，就匆忙走進廚房。

茜努力讓自己對一切死心，以免因爲每次劈面而來的話語受傷。不期待就不受傷害，自己身爲母親的女兒，事情在這裡就不可能好轉。

茜在心中下定決心，自己絕對不要像母親一樣，依賴男人、仰賴親戚，而是要獨自一人活下去。

外公外婆大概也不想把不再回應的孫女留在身邊。茜就讀完全住宿制的高中一事，並非選項，而是大人決定好的事項。

❀

茜經過公共休息室，聽到裡面傳來怒吼。她悄悄從門口偷瞄，瞥見人群之中的千尋一張臉蛋氣得通紅。「茜能過來一下嗎？」櫻子招手叫住茜。

「……怎麼了嗎？」茜詢問。

「千尋的畫被人撕破了。」櫻子垂眉回答。

「今天放學後我到美術教室一看，就發現畫紙被撕成兩半丟在地上，而且那張還是眞琴的肖像畫！把人的臉撕成兩半的傢伙，到底是哪根神經不對勁啊？給我報上名來啊！」

態度一向大而化之的千尋難得如此激動，讓茜難掩驚訝。想來這也就表示被撕毀的畫對她而言有多重要。

「沒人注意到任何事情嗎？」

千尋詢問眾人，只見一個人緩緩舉起手，是朝子。

「我在午休的時候，看到了奇怪的人物。」

做出如此宣言的朝子臉頰通紅，視線看向茜。

「茜同學，妳在午休的時候去了美術教室，對吧？我偶然間看到妳從四樓下來，不過四樓應該只有美術教室吧？妳又不是美術科班的學生，到底在那裡做什麼呢？」

茜的呼吸變得急促。

「我只是在頂樓天台吃便當而已。」

「哦，妳是怎麼到頂樓天台的？要到那裡去，勢必得通過美術教室才對呀？」

「是眞琴告訴我的。」

「是眞的嗎，眞琴同學？」

被朝子問到，眞琴點頭說是。

「不過我看到的時候，茜可是獨自一個人喔？」

「那大概是因爲我早一步先回去了。」

朝子哼笑一聲。

「也就是說，茜有一段時間可以獨自一人在美術教室囉？」

朝子的臉上浮現宛如柴郡貓般不懷好意的笑容，像是盯著犯人似地打量茜。

「不是我做的。」

茜感到全身毛孔炸開，朝子這個人讓她噁心。就只因爲自己是櫻子的「孩子」，心有不滿的朝子就想要誣陷她。茜抱著不願屈服的想法瞪著朝子。

儘管如此，公共休息室的人群似乎毫不懷疑，都認為茜就是犯人。周圍的竊竊私語異樣清晰，彷彿自己全身上下都長了耳朵。

「要好好道歉啊，做錯事就要道歉，難道父母沒教妳嗎？」

茜感受到自己的臉瞬間氣得通紅。稱為父親的男人們及外公外婆都對她說過這句話。妳真的是不知道什麼叫道歉，看來是妳媽媽沒好好教過妳。

緊握身側的拳頭用力得生疼。

為什麼非得為自己沒錯的事情道歉呢。

撕破畫的不是自己，點熱水器的瓦斯一直以來都沒被禁止，沒考到一百分更不是什麼嚴重到需要挨打的事。不會打掃，煮飯難吃，衣服洗得不乾淨，如果沒有妳就好了。

我生下來到這個世界，真是對不起大家。

是不是向大家磕頭謝罪就好了呢。

眼眶匯聚起薄薄水氣，茜抬頭向前，心想自己才不要掉眼淚。

「不是茜做的，因為我一直和茜待在一起。」

說出這句話的嗓音溫柔無比，卻蘊含著堅定的力道。

「櫻子學姊，妳在說什麼？我可是清楚地親眼看到茜獨自一人……」

「那是因爲我把便當盒忘在頂樓了。我不想讓她等我，就叫她先走。所以我上課才會不小心比較晚到，對吧，千尋？」

這點倒是千眞萬確，千尋給予肯定答覆。

「櫻子難得上課遲到，我還在想是發生什麼事了。」

「謝謝妳，千尋。哎呀，不過這樣一來，依照朝子的推理，落單的我就沒有不在場證明了。那麼我就是下一位嫌犯嗎？」

「不、怎麼會呢……櫻子學姊才不可能做出那種事情。」

櫻子嫣然微笑。

「是呀，我才沒做出那種事，而且茜也說不是她做的。在場的大家，我們沒有證據，卻懷疑同宿舍夥伴？這麼做也無法解決事情。如果犯人就在這裡，不用在眾人面前也沒關係，晚點再偷偷向千尋道歉吧。一個人會怕的話，可以找我，或和眞由里女士商量。妳不需要像這樣搜查犯人，不是嗎，朝子？」

朝子蒼白著一張臉，點頭回是。

「好了，距離晚餐時間只剩十分鐘了，晚到的話會給食堂的大家添麻煩的，大家快點動起來！」

櫻子拍拍手，眾人便面掛笑容地魚貫而出。簡直就像繪本故事中的魔法師，直到剛剛都還擠滿人群的公共休息室，頓時只剩茜和櫻子。

「……妳爲什麼要說謊？」

茜盯著櫻子。

「妳才沒和我一起吃便當，天台上只有我一個人。」

櫻子的手輕輕搭在茜的肩上。

「因爲不這麼說的話，朝子是不會服氣的。她這個人有時就是有點死心眼。這樣也沒什麼不好，畢竟我知道不是妳做的。」

「爲什麼？」

「因爲我是妳的『母親』呀。我不相信妳的話，還有誰來相信妳呢？」

不成理由的理由，櫻子卻能說得如此理直氣壯，讓茜無法直視。

等妳靜下心之後，再到食堂來吧。櫻子這麼說著，將手帕塞進茜的手中，走出公共休息室。白色的絲絹手帕上點綴著淡粉色的櫻花刺繡。

茜想再相信一次。

「母親」和「孩子」，毫無血緣關係的兩個人之間，眞的能建立起聯繫嗎。像是母親和女兒之間，不論發生任何事都能彼此信賴，當對方的後盾。像姊妹一樣聊天，看到對方幸福，就像是自己的事情一樣開心。兩人之間眞的能變成那樣嗎？

茜用手帕擦了擦眼睛，和黯淡窗玻璃中倒映出的自己對上視線。倒映出的自己一臉愁苦。就像朝子所說的，也許面帶笑容會有不同。茜稍微抬起嘴角做出笑容，倒影中的自己似乎稍微更像櫻子的臉一點。

喵，謝利的叫聲傳入耳中。

茜開窗一看，牠也正抬頭望著茜。

「你說我可以相信嗎？」

茜詢問，謝利又喵了一聲，不太感興趣似地扭頭走進森林。

不知道，不過就照妳的想法去做吧？茜彷彿聽到謝利這麼說。

第二章

聽說櫻子學姊的母親，就是以前被稱爲星華女神的綠川惠子學姊，是眞的嗎？

從出生到現在，自己這輩子不知道帶著笑容，回答過這個問題多少次。每當看到對方對自己虛假的笑容深信不疑，櫻子就忍不住爲對方的遲鈍感到無力。

不過被問起母親——不，即使是平常和人談話的時候——自己也一直在完美扮演星華女神的女兒。自己也須負起責任，這樣的認知讓櫻子不禁湧起厭惡。

❀

一進這個學校沒多久，櫻子就被舍監眞由里叫住。

「妳該不會是綠川惠子女士的女兒？」

「我是，請問妳是怎麼知道的？」

「妳跟惠子學姊簡直像同一個模子出來的。」眞由里高興地回答。

眞由里外表大約三十五歲前後，和已經四十幾歲的母親，應該不太可能會有在宿舍吃同一鍋飯的時期。

「妳母親可是宛如傳說一般的學姊。只要是星華畢業的學生，一定會聽過她的名字。即使在歷代模範生代表之中，她也擁有首屈一指的美貌與頭腦，不僅於此，她比任何人都替學校及宿舍著想，做出努力。現在宿舍還會舉辦的活動及課外活動，據說幾乎都是惠子學姊發起的。」

母親老是提起的故事是眞的，這件事讓櫻子不禁有些驚訝。她以前聽的時候都半信半疑，認爲人或多或少都會有美化故事的傾向，特別是在那件事之後。

「我聽說她現在還在主持星華校友會，惠子學姊過得還好嗎？」

「嗯，家母過得很好。」

「這樣啊，眞是太好了……哎，對了，我忘了問妳的名字了。」

「我叫櫻子。」

櫻子如此回答，眞由里張著嘴巴點頭，喃喃說了一聲原來如此。

「這個名字該不會來自櫻之間？」

是的，櫻子帶著模稜兩可的笑容點頭應答。這件事她已經從母親口中聽過無數次。

「她說在星華度過的三年，是難以取代的珍貴寶物。她想讓我這個女兒也擁有這份體驗，因此以自己住的房間，爲我取了『櫻子』這個名字。」

眞由里微微瞇起眼睛，彷彿感到耀眼似地注視著櫻子。簡直就在將「某個人物」投影在自己的背後，令人不自在。

「雖然只是巧合，不過這就是所謂的命運吧。」

她一邊確認手上的資料，一邊向櫻子露出微笑。

「妳從今天開始要住的房間，正是櫻之間。」

聽到的櫻子，絲毫沒有半分喜悅，反而因爲自己的人生早遭人決定而感到害怕。

❀

第六堂課結束，櫻子混在談笑著前往社團活動的學生中，趕往學生會室。學生會室就在美術教室下方的教室，常常聽得到搬動石膏像的聲音及老師的評論。

學生會是由三年級的五名模範生組成，櫻子自然而然地成爲五人當中的代表。如果說模範生是決定宿舍事務的頭銜，那麼學生會便可以想成是處理學校事務的職位。不過既然規定要兼任兩邊事務，有必要刻意分成不同的稱呼嗎？櫻子不禁歪頭思考。

櫻子從學生會室前桌上的意見箱中取出內容物，打開門鎖，走進昏暗的房間中，便將書包往長桌一丟，稍微打開窗戶換氣。她猶豫片刻，還是決定不開電燈，就這樣坐在椅子上，兩手攤開趴在桌上。一旦開燈，馬上就會有人來，自己就無法拿下面具。這裡對櫻子而言，類似緊急避難場所。無法回家的團體生活，櫻子難以找到獨處的機會。不，就算能回老家，可能也無不同。

最初冰涼的桌面逐漸變得溫熱，櫻子挪了地方，將臉轉向一旁。她恍惚地注視著房間後方的黑板，尋思著此處如果沒有「那個」便可堪稱完美，並發出嘆息。

〈星華的羈絆永恆不滅〉

寫在黑板右上方的文字，根據學生會的指導老師，是母親在畢業時寫下的文字。當時學妹們都爲了母親即將畢業而難過，央求母親留下東西紀念。書法造詣不俗的母親寫下送給學妹的贈別話語，據說讓學妹哭成一片。

即使名爲畢業的離別到來，彼此關係也將永存不變。看到這樣的訊息，當時的學妹想必手拉著手，欣喜不已。母親畢業迄今將近三十年，文字仍舊宛若昨天留在黑板上般清楚。據說學妹們避免文字消失，拜託老師對字加工。想要的話，還是能擦掉，不過這行字仍舊和女神的傳說一起傳承至今。

櫻子坐起身，確認意見箱內的來函後，變得更消沉。寄給櫻子個人的信遠比寄給學生會的意見信多。不知是否故作體貼，寄給櫻子的信不論信封或信紙都是粉紅色，不用看收件人也能馬上分辨出來。

拿回房間，一一裝出開心的樣子太過麻煩，櫻子決定當場拆信。信中一如往常，寫著一成不變的頌讚之詞。不過內容近來稍有不同，不少人開始問她是否會參加休業式當天的星島祭。

宿舍和學校所在的山麓有一座小鎮「星島鎮」，星島祭就是在小鎮海岸舉辦的祭典。祭典規模不大，內容不外乎是海岸邊林列的路邊攤，盂蘭盆舞大會及煙火，並無格外出奇的活動，只是宿舍內流傳著這麼一個傳說：

「在星島祭施放最後一發煙火的煙火瀑布時，一起觀賞的兩人就會得到永恆的羈絆，成為靈魂伴侶。」

櫻子還沒遇見想要一直當朋友的對象，從未去過。此外她對靈魂伴侶這個誇大的稱呼也沒什麼好感。

說起來，這些想和我一起去的人，滿口喜歡尊敬，實際上對我又有多少了解呢？明明就連我自己都不明白自己。

櫻子從書包中拿出資料夾，打算將信箋收進去，發現其中還夾雜了不是給自己，而是給千尋的水藍色信封。與她清新爽快印象相符的水藍色，在學妹間已成為她的代表色。

粉紅色和水藍色。

女性化和男性化。

櫻子和千尋在大家心目中，似乎給大家相反的印象。「我的個性就是大剌剌的，絕對沒辦法像妳那樣」千尋常常將這句話掛在嘴邊，不過櫻子也在心中低語同感。

我絕對沒辦法像千尋那樣，展現出原本的自己。

千尋能表現出自己不加掩飾的一面，因爲對自己有自信；戴著鐵一般的面具，絕對不會在人前脫下的櫻子，一點也不喜歡自己。

意見箱裡有妳的愛慕信喔，今晚這麼說著將信交給千尋的話，千尋的反應已經浮現在眼前。「眞虧她們這麼用心寫這些啊。」她一定會這麼說，匆匆瞥過就將信隨手放進衣櫃前的紙袋中。隨後像什麼事都沒有的樣子到自習室預習，在公共休息室看電視，或是在床上看畫冊，做各種自己想做的事情。

櫻子想成爲千尋。

擁有自己的意見，做自己想做的事情。光是這樣，就讓櫻子欣羨無比。

櫻子對他人的心情及行爲敏銳易感，但對自己的意見和心情，無所捉摸，就連摸索的意圖都沒有。

櫻子自從懂事開始，母親就定期舉辦「星華校友會」。因爲六月十五日是學校的創校紀念日，爲表慶祝而決定每個月十五日舉辦。

校友會大多是邀請大家到家裡來，母親下廚招待大家。櫻子還記得母親在家中東忙西轉，又是做料理，又是插花擺設的樣子，非常樂在其中。

櫻子也期待著日子的到來。

母親的朋友們總會帶伴手禮來，一見到櫻子就會摸著她的頭說「哎呀，又長得更可愛啦。」其中也有人會帶和櫻子同年齡的小孩來。就讀不同幼稚園，一個月只能見一次的朋友，讓人莫名興奮。

「星華校友會」的人們，不論櫻子做什麼都會大加誇獎。

剛開始學鋼琴，只彈得出稚拙旋律，或是展示自己在幼稚園做的勞作，或將形狀扭曲的餅乾送給大家，大家永遠都是眾口一聲的稱讚。

「不愧是惠子學姊的女兒！將來有望啊。」

櫻子非常開心，除了自己被誇獎之外，也因爲大家都喜歡母親。

每個月風雨無阻地來到櫻子家中，永遠一人不少的聚會中心，櫻子覺得母親簡直就像公主，同時自己也想變得像母親。當時的她明明是這麼想的。

「來，公主大人，這是我班上的女生要給妳的。」

正當櫻子準備自習室用的課本和筆記本時，千尋將粉紅色的信封放在矮桌上。

「謝謝。說起來，意見箱裡面也有署名給妳的信，我把信拿來了。」

櫻子從資料夾中拿出水藍色的信封，遞給千尋。

「還真是認眞啊。」

「這代表千尋很受學妹們歡迎吧？」

「不，我不是說這個。」

千尋拿起信封在臉前搧。

「我說認眞的是妳。明明沒有要開會，妳還是去了學生會？」

是啊。櫻子若無其事地戴上微笑。

「要是被學妹問起，丟進意見箱中的信看過了嗎？就不好了。距離下次開會還有一段時間，我才想說去拿一趟。」

「妳太溫柔了，我絕對做不到。如果會跑來問這麼問，最初乾脆親口說不就得了。」

千尋直接把信封扔進衣櫃前的紙袋。我猜中了，櫻子握拳。千尋的反應一如猜想，耀眼得讓她情不自禁別開視線。

自己只要張口就能輕鬆吐出謊言，讓櫻子認眞懷疑自己上輩子是不是詐欺犯。像家常便飯一樣說謊，就連沒必要的謊言都會下意識脫口而出。自己死後恐怕會下地獄，遭受拔舌之刑。

「妳要去自習室？」

「嗯，馬上就要考試了，不用功不行。千尋也會去吧？」

宿舍規定晚上七點半到九點是讀書時間，不過在考試期間，晚上十點半熄燈後，到半夜一點爲止，有需求的人可以使用自習室。

「應該吧，眞琴和茜呢？」

千尋詢問兩人，茜表示自己打算讀書到最後一刻，眞琴則說自己已經要睡了。

「我說啊，比起茜，眞琴更應該要用功吧，妳這陣子的小考不是考得很慘嗎？」

「眞囉嗦啊，我都說我會在下次考試時扳回一城。」

「我可是在爲妳擔心，妳的態度也太差了吧。」

櫻子正打算充當和事佬，介入兩人的口角，裙子口袋中的銀色物體卻開始振動。

「千尋，抱歉，我要去洗手間，先走一步。」

櫻子匆忙走出房間，從宿舍後門走向不會被人看見的地方。

四周已經一片漆黑，要走到溪岸太過困難。無可奈何，櫻子只好躲在停車場的樹木陰影處，從口袋取出手機。來電已經掛斷了，不過櫻子仍舊無法置之不理。母親想通話卻打不通的話，手機就會響上一整晚。

櫻子縮起身體，將手機抵上耳朵。電話只響了一聲，母親就接通了。

「櫻子？妳剛才在做什麼？這麼久都沒接電話，害人很擔心呀。」

母親無視自身處境的的悠哉語氣，讓櫻子一陣煩躁，但還是作足表面功夫回應。

「我正準備去自習室，考前總得要讀書吧？」

「這種時候了還準備要讀書？難道不是因爲平常都沒好好讀嗎？就算爲了臨時抱佛腳而熬夜讀書，也算不上是爲自己好喔？」

吵死了，櫻子吞下這句話，改而回答知道了。她想盡早結束通話。

「是說有什麼事嗎？」

「沒事就不能打電話嗎？」

「沒那回事啦，」母親的語氣給人山雨欲來的預感，櫻子連忙否認。

「只是莫名在想是不是有什麼事而已。」

「櫻子，休業式的時候，要不要和媽媽一起去星島祭？」

「咦？」

所以說啊，母親自顧自地發出愉快的聲音，繼續說了下去。

「妳已經是『母親』，而且有了『孩子』。我記得是叫小茜，對吧？她將會是妳這一輩子的知己至交，我自然也想見見妳的『孩子』。」

「但是我還不知道茜有什麼打算。」

「什麼？妳的『孩子』，難道不肯聽學姊的話嗎？」

「不是那樣，我只是說我還沒問她。」

等我確認過再聯絡，櫻子這麼告訴母親，想方設法結束了通話。她抱著頭，努力嚥下幾乎衝出喉嚨的話語。不要去想，櫻子這麼告訴自己。這個世界上有許多無可奈何的事情，母親的言行就是其中之一。

曾經是模範生的母親，應該很清楚這裡的規章多嚴格，卻說不能隨時聯絡會擔心，而硬要櫻子帶著手機。母親不論日夜，都會為了無聊的理由打電話過來，只要不馬上接電話，就會惹她不高興。櫻子雖然覺得沒道理，不過反抗也沒用，畢竟母親就是這樣。

櫻子將手機放進口袋，站起身，拍拍裙子沾到的塵土。身體沉重無比，就像綁著不知何時會引爆的炸彈。

正當櫻子打算回宿舍，眞由里從舍監室的窗戶叫住她。

「櫻子？這個時間了，怎麼了嗎？」

櫻子頓時臉色一僵。

「我好像看到謝利跑過去，所以出來找牠，但沒找到。」

「哎呀，眞的嗎？這麼一說，牠最近晚上好像又出來遊蕩了。不知道是不是又跑去茜同學那裡了？」

「牠最近好像不太來房間，我回去再問問看。」

拜託妳囉，眞由里這麼說之後拉起窗簾。眞由里如此輕易結束對話，櫻子心頭瞬間一沉，懷疑這個人到底多相信自己。如果眞由里見到其他學生在外遊蕩，一定會逼問在外面做什麼。實際上的確有學生在外面幽會被抓，下場是嚴厲斥責，被罰負責打掃浴室一週。

櫻子討厭眞由里。她對其他學生的態度，明顯與對她的態度不同。明明是大人，卻看小孩的臉色，態度偏頗，讓櫻子憤懣不已。

不過這份信任也很微妙，究竟是櫻子自己贏得這份信任，還是因爲自己是「星華的女神」的女兒，才獲得了這份信任，櫻子不知如何分辨二者，厭惡利用這點的自己。

櫻子在後門換下拖鞋，聽到一聲「櫻子學姊」，原來是茜。

「哎呀，怎麼了嗎？」

「妳把筆袋忘在房間了。」

茜扳著一張臉遞出筆袋，櫻子望著她，剛才鬱結的心情略爲好轉。

茜剛開始完全不肯親近自己。美術教室的事情之後，才逐漸對櫻子敞開內心。儘管進度緩慢，就像聞嗅手的味道，抬頭謹愼觀察的野貓，但距離確實一點一滴拉近了。

「謝謝，多虧了妳。」

「又沒什麼大不了。」

就連不悅的口氣，現在櫻子也能辨別只是掩飾害羞。如果討厭自己，茜應該就不會特意追過來了。難得兩人獨處，櫻子話鋒一轉開口。

「茜，妳知道星島祭嗎？」

「我知道，班上的人都在興奮討論。」

「那個傳說的事情也知道嗎？」

「是……雖然我不信就是了。」

茜點頭回答，馬上垂眸別開視線。至今爲止，茜從未稱呼櫻子「母親」，對這樣的她而言，「靈魂伴侶」這個稱呼想來也令她難以啓齒。櫻子便配合她，不提起這個詞。

「如果不嫌棄，要不要和我一起去？家母也會去，我想向她介紹茜。」

櫻子會邀請，並不是因爲剛才母親在電話上如此提議。今年太多人邀她去星島祭，如果不決定和誰去，自己恐怕會一直遭受邀請信攻擊。如果要去星島祭，不用母親說，櫻子也想和茜一起去。這一點並不單純因爲茜是櫻子的「孩子」。

「我是無所謂啦……但是找我好嗎？」

「當然呀，爲什麼這麼問？」

自己明明知道答案，卻還是刻意詢問，也讓櫻子自己感到厭惡。

「畢竟想一起去的人大有人在，特別是朝子學姊之類的。」

櫻子輕輕牽起茜的手。

「無所謂，我就是想和茜一起去。」

這樣的話，我是沒什麼意見，茜冷淡地這麼說，紅著臉縮回手。

「好了，我們走吧，考試也快到了。」

櫻子邁開步伐，茜也落後一步跟在後面。

「……櫻子學姊的母親，是一個怎麼樣的人？」

兩人來到自習室前的時候，茜出聲詢問。

「……妳不知道嗎？」

「咦？」

茜不知道母親的事情，這件事解放了櫻子。自己果然喜歡眼前這位少女，櫻子想。

「不，沒什麼……她就只是普通的媽媽而已。」

❀

母親的「孩子」，是一位叫做笹井正子的人。

來家中拜訪的星華校友會成員中，櫻子最喜歡正子。她也將櫻子稱呼爲「我的小小友人」。

來家裡的人，都是找母親談話。在門口打過招呼之後，馬上就會離開櫻子，然而正子不同。「今天要來玩什麼呢」、「我帶了有趣的繪本來，晚點一起來讀吧」、「聽說櫻子做了點心，我很期待喔」她會這麼對櫻子說，非常重視和櫻子共度的時間。

正子雖然已經結婚，卻沒有小孩。儘管如此，她仍十分擅長和小孩相處，因為她的工作就是幼稚園老師。當大人一邊喝紅茶一邊聊天，她常常和櫻子及其他小孩們待在一起，教他們母親不知道的兒歌和摺紙。

在正子讀的故事書之中，櫻子最喜歡《清秀佳人》。雖然是給兒童看的簡略版，安妮和黛安娜之間的友情依舊讓櫻子心生嚮往。

「正子阿姨！」

櫻子從背後抱住正將連環畫小劇場的道具收進皮包中的正子。「怎麼突然跑來撒嬌呀。」正子抱起櫻子，望著櫻子的眼睛詢問。正子說話時總是注視著櫻子的臉，讓櫻子感到一陣陶然，全身暖洋洋的。

「我覺得啊，安妮和戴安娜感覺就像媽媽和正子阿姨一樣。」

櫻子湊近正子耳邊輕聲說道。

「眞的，妳說得一點也不錯。」

正子露出潔白的牙齒，燦然一笑。她毫不介意笑起來的皺紋，總是爽朗揚起笑聲。完全露出耳朵的俐落短髮非常適合她。從懂事起，就留著一頭長髮的櫻子暗地裡憧憬正子的短髮，但總是無法對母親說出自己的願望。

「櫻子的媽媽如果有什麼傷腦筋的事情，我一定會去幫她；如果我有什麼傷腦筋的事情，櫻子的媽媽也一定會來幫我。『母親』和學妹之間的羈絆就是這麼堅定不搖。」

兩人在星華的宿舍相遇，互相許下永遠的羈絆。櫻子從母親口中聽過兩人的故事不下多次，她自己也十分喜歡，晚上就寢前最常央求母親說這段故事。

「我也想早點擁有像正子阿姨一樣的好朋友。」

櫻子喃喃自語，正子用溫柔的力道緩緩地摸她的頭。

「櫻子不也有很多朋友嗎？而且我也是櫻子的朋友呀。」

「那不一樣，我想要更要好的、獨一無二的朋友。」

櫻子嘟起嘴抗議，正子傷腦筋似地對她笑。

「櫻子，朋友不一定只限一個人。感情要好的人多一點，不是比較開心嗎？」

對吧？在正子尋求同意的目光下，櫻子不情願地點頭，心中仍帶著不滿。自己也想快點進宿舍，找到靈魂伴侶——當時的櫻子只有這一個夢想。

櫻子升上小學，星華校友會仍舊每個月按時舉行。只是隨著學年增長，小孩的人數逐漸減少。等到櫻子升上小學四年級，已經沒半個小孩來家裡了。儘管如此，無事可做的櫻子依然待在聚會場所的客廳，照樣和正子聊有趣的書，或一起打撲克牌。這段期間，櫻子從未想過，也許其他小孩此時正和同校的朋友玩。她只是在幼小的腦袋瓜中，尋思他們與其在家中發呆，爲何不來家裡。

「櫻子不和學校的朋友一起玩嗎？」

聽到正子這麼問，櫻子不禁一愣。

「我有和學校的朋友一起玩呀。我們會在下課時間玩鬼捉人，或是一起畫圖。我們前些時候，還一起玩了碟仙。」

聽到櫻子這麼回答，正子傷腦筋似地垂下眉毛。

「我不是指這個，櫻子放學回家後，或是假日的時候，不會和朋友一起玩嗎？」

櫻子從來沒有放學後還和朋友玩的習慣。母親告訴她，回家之後就要珍惜與家人在一起的時光，而且學校時間已經結束了，在其他時間和「學校的朋友」見面很奇怪。對於母親的這番道理，櫻子從未感到疑問。

「是呀，因爲回到家以後，就是家人團聚的時間。」

「……這樣啊，也是。櫻子家感情眞好呢。」

是呀，櫻子自信回答，同時敏銳地察覺到正子臉上流露的寂寞神情。只是當時的她仍沒能敏銳到理解那副神情背後的理由。

不久，正子就不再來星華校友會。

母親悲傷地表示正子只告訴她沒辦法來，但不肯告訴她理由。校友會的人眾口一聲地說起正子的壞話：雖然至今爲止都悶不吭聲，但那個人自恃是惠子學姊的「孩子」，一直很任性妄爲。爲了吸引惠子學姊的注意力，還攏絡櫻子。結婚到現在都過了十年，竟然還說什麼不急著要小孩，一定是個性上有問題。

對於忿恨不平的她們，母親教誨她們說「正子一定是有苦衷」，結果反過來被大家讚美吹捧，感佩母親怎麼能如此溫柔。

櫻子心中也有點埋怨正子：明明說好下次來，要借她最近有名的奇幻小說，不過更多的是寂寞。正子每隔幾天就會打電話給母親，讓櫻子更是覺得不平。如果正子眞的把櫻子當作她「小小的友人」，跟母親要求把電話轉給櫻子，應該不爲過吧。

正子再次來家裡，是兩個月之後的事情。

面對還不到十五日卻匆匆來訪的正子，母親高聲歡迎「哎呀，怎麼這麼突然過來。」在客廳做作業的櫻子也踩著歡快的腳步奔向玄關——然而站在玄關的並不是以往那個一臉溫柔的正子。原本帶著笑窩的圓潤臉頰消瘦了下去，眼睛下方也浮現黑眼圈。讓櫻子不禁擔心正子是否生病了。儘管如此，櫻子直覺不能介入眼前的場面，而躲在牆後觀察狀況。

「妳爲什麼要這麼做？」

正子質問的聲音冷澈無比。

那是憤怒和悲傷潰堤，只剩一片空洞的聲音。妳看，正子這麼說著，遞出全白的紙袋。母親默不作聲，不肯接過紙袋，因此正子嘆口氣，將紙袋放在玄關地上。

「我只是說要接受不孕症治療一陣子，可能沒辦法出席校友會。結果妳在附近鄰居的信箱中，塞一些胡說八道的假消息，到底是什麼意思？」

「妳在說什麼呀，正子？我怎麼可能做這種事情。」

「有人看到妳了。」

正子從包包中取出一張照片，遞給母親。

「附近的太太偶然間看到妳塞信箱的樣子，拍下照片給我。她告訴我最好不要再和妳來往，還陪我一起拜訪左鄰右舍，澄清所有誤會。我以前打電話和妳商量有人在鄰里散播我的惡意謠言時，妳還記得妳說了什麼嗎？我永遠都會站在妳這邊，不要太放在心上比較好。有壓力的話，也會不利於懷孕。妳當時是這麼說的，對吧。沒想到妳竟然就是犯人，眞虧妳還有臉說出那些話。」

櫻子對正子說的話感到難以置信，母親不可能做出那些事。然而下一秒，她的世界瞬間天翻地覆。

「這都是爲了妳好呀。和星華的人在一起，遠比和鄰居在一起，要來得有意義多了。

懷孕的事也是一樣。」

「惠子，妳已經不正常了。」

正子表情痛苦地後退一步。她並不是沒有情緒，只是試著冷靜對話而已，但在母親的一句話之下，水壩終於潰堤。正子也不伸手擦眼淚，而是繼續說下去。

「不論是星華的朋友、附近鄰居的朋友，或是小學國中的朋友，對我來說都很重要，為什麼妳就是不肯認同？妳就算長大了，仍然以宿舍那個小小世界的女王自居，停留在那個時代。妳想這麼做的話，隨便妳；但是我不想，不要把我扯進來。」

她的目光移向從牆後探出頭的櫻子。櫻子沒想到會和正子對上視線，讓她吃了一驚，不過因為正子露出小小的微笑，所以她沒縮回牆後，而是回望著正子。

「櫻子也很可憐，妳只肯讓她跟星華家庭的小孩玩，放學回到家後就一直綁在妳身邊。惠子，妳知道嗎？櫻子她從幼稚園就想試著留短髮，但她說不敢跟妳說。因為髮型和妳不一樣的話，會惹妳生氣，因為星華的水手服就是要配長髮比較好看。我說妳讓小孩委屈到這種程度，都不覺得可恥嗎？妳真的覺得這是什麼十惡不赦的事情嗎？」

沉默持續了一陣子。櫻子僵著身體，無法從兩人身上移開視線。她不太清楚兩人吵架的時候，為什麼會提到自己的名字。然而她很清楚一件事：正子所說的正是櫻子的心聲。櫻子一直壓抑內心，心想只有壞孩子才會頂撞母親而不敢說出口的情感，正子分毫不差地替她說了出來。事到如今，櫻子再次體悟到正子眞的是她的「友人」。

櫻子祈禱般地望著母親，卻聽到一聲響亮的嘆息。

「我沒想到妳居然會這樣對『母親』說話，到底是哪邊教育出錯了呢。」

櫻子的手臂上寒毛直豎。

正子一瞬之間皺起臉，但馬上又輕笑出聲。不停地微微點頭。

「我也眞是傻，到了這個地步，還癡心妄想求妳理解。這是我最後一次和妳見面了。櫻子，要過得好喔……加油。」

櫻子的眼淚奪眶而出，止也止不住。儘管櫻子不斷搖頭，正子依舊推開門，走了出去。太過分了，說了這麼多，讓自己知道了這些事，卻不肯伸出援手。這實在太殘忍了。

櫻子自己其實隱約察覺到，母親的話充斥著不合理。

自己明明嘴上要求櫻子成爲和任何人都能融洽相處的人，但一提起媽媽不是星華校友的小孩時，母親就會說對方家長的壞話。

星華校友會的時候，即使在聚會上和大家有說有笑，但在大家回去之後，母親卻會開始數落有人伴手禮太寒酸、有人沒幫忙收拾，叫櫻子留意不要像她們一樣。

髮型的事情也是一樣，在母親給櫻子看過無數次的畢業紀念冊之中，揚著笑容的正子從那個時候就留著一頭短髮，配上水手服依舊非常合適。不是長髮就不行，這只是母親的個人看法，絕對不是什麼說了就該挨罵的事情。

即使如此，櫻子依舊裝成毫無察覺。

她不想承認母親錯了。

母親是星華的女神，受到大家的愛戴景仰，被所有人倚賴……母親應該是這樣的人才對。她深怕見到從小崇拜的母親面具剝落，如此一來，自己彷彿會失去未來道路的指標。

只是在得知眞相的現在，櫻子已經無法回到從前的自己了。

每當母親發言，櫻子的腦中就會響起警告音，指責出其中的錯誤。然而櫻子只能無視，因爲她無法反抗母親。正子還有地方可去，櫻子卻無處可逃，只能選擇待在這個家，留在母親身邊。綠川家的國王就是母親，即使是父親，也不會對母親有異議，只會唯唯諾諾地點頭。既然如此，櫻子判斷自己還是不要多做無謂抵抗，乖乖扮演母親期望的「好孩子」，還比較明智。

儘管如此，正子臨走的那句「加油喔」，卻依然留在櫻子心中。

自己其實想去公立高中，卻如同母親所願，進了星華高中。這一定算不上正子說的加油吧。

考試期間結束，進入七月中旬，接下來剩三天後的休業式。時間尚早，窗外卻昏暗得彷彿被包裹在灰色濃霧之中，宛如貓叫的風聲呼嘯而過。公共休息室的電視正在播報颱風資訊，播報員一臉嚴肅地呼籲觀眾提高戒備。櫻子才在想幸好沒下雨，就突然聽到雨點嘈然敲打地面。轉瞬之間，雨勢就演變成狂風暴雨，雨滴啪搭啪搭擊打在窗玻璃上。

平常吵鬧的公共休息室，也因爲逐漸增強的風雨，自然而然安靜下來。櫻子從沙發站起身，拉上窗簾。即便拉開窗簾，也不會有陽光照進來，因此拉上窗簾應該無所謂。比起看著窗外狂暴的景色，不如窩在小箱子裡，對精神衛生還比較好。

「沒事的，颱風似乎不會登陸，新聞也說深夜就會過。好了，我們就照預定計畫來大掃除吧。」

放長假之前，宿舍有由全體住宿生大掃除的傳統。明天宿舍周圍想必因爲颱風而一片慘狀，得花一番工夫整頓，今日事還是盡可能今日畢比較好。

在櫻子的號召之下，大家開始動了起來，各自回到自己的負責區域。活動筋骨後，大家的心情似乎比剛才窩著不動時開朗許多，一如往常的歡笑聲再次回盪在宿舍中。

到了午餐時間，大家都往食堂移動。當天的菜色是蛋包飯，要用蛋皮將雞肉炒飯包裹起來的過程費工，如果人數一多就會很花時間，因此食堂並不常提供這道菜色。大概是食堂的員工爲了提振大家士氣，賣力服務。

「感謝這美好一天，我開動了。」

落座的櫻子一聲口令，五百多人的住宿生也一同致意。儘管這種情形已經持續四個多月，每到這時候，櫻子仍會起雞皮疙瘩。面具底下的自己發出高喊，說自己其實不希望受到眾人的矚目。

「希望星島祭不會取消。」

有人的低語傳入耳中。宿舍規矩是禁止用餐時交談，不過這句既可能是自言自語，也可能是對別人說的話，想必是每個人心中都有的想法。食堂中只有動湯匙和窗外的風雨聲，這句太過微弱的話語，就這樣消散在背景聲中。

結束用餐，櫻子爲了繼續打掃而返回公共休息室。「妳也差不多該決定要跟誰去了吧？」千尋從後面喚住櫻子。她指的不用說，自然是星島祭的事情。

「其實我已經決定要和茜一起去了。」

「妳跟邀妳的其他人說過了嗎？」

「還沒，要是傷到她們感情就不好了。」

聽到櫻子這麼回答，千尋明顯皺起眉頭。

「難道不是妳自己不想嗎？」

彷彿帶著指責的語氣，櫻子不由得停下腳步。

「妳說得好像是爲了大家好，但其實只是不想要有罪惡感，才拖著不給答覆吧。因爲妳還沒表明要跟誰去，有人就會因此心懷希望。妳有好好想過她們的心情嗎？」

憤怒和羞恥讓櫻子的手微微顫抖。人之所以會感到羞恥，是因爲被說中心事。

這不關妳的事吧？這句話幾近脫口，但櫻子努力呑回。她稍微揚起嘴角。

「妳說得是，是我想得不周到。我今天就會答覆邀我的人。謝謝妳，千尋。」

重新戴上快剝落的面具，櫻子的嘴巴自然吐出正確的話語。明明眞心話一句也說不出來，謊言卻毫無滯礙。不過謊言不被戳破，就會成爲眞的，只要堅持謊言到最後。

當晚，櫻子提筆回信邀請自己的人，並將回信一一塞進寢室房門下的隙縫。櫻子沒力氣寫太長的信，所以只寫了道歉的話語及給各人的不同訊息。櫻子這次用以金墨在白色紙張描繪出天使翅膀的信箋組，她很喜歡這套信箋，至今未曾用過。如此一來，收到的人看到信箋，就能感受到她的歉意。她希望透過這樣的操作達到效果，這次才依依不捨拿出這套信箋。

光看五十三封邀請信上的名字，就要回想起對方的臉及個性，還有之前的交談內容，寫出五十三種回信。眞希望誰來誇獎一下自己，櫻子模糊地想。如果是其他人，對於只說過幾次話的人，應該沒辦法記得這麼清楚。

配送完所有回信，櫻子正準備回到自己房間，結果和爬上樓梯的謝利不期而遇。謝利從下方瞪視櫻子，僵著身體一動也不動。櫻子朝牠伸出右手，謝利卻哈氣威嚇，掉頭跑下樓梯。大掃除後變得比平常乾淨的地板上留下了腳印，櫻子從口袋取出面紙擦拭。

「不知感恩的孩子。」

喃喃出口的話語冷酷得讓櫻子悚然環顧四周。聲量沒想像中大，並未傳到大家房內。

櫻子迅速離開現場，奔進洗手間。她沒辦法帶著動搖的表情回到房間。

櫻子望向鏡子，鏡中的少女滿臉脹紅，甚至紅到耳根，眼中還含著淚水。

自己已經到極限了。

櫻子雙手按著嘴巴，努力壓抑著想要大喊的衝動。再這樣違背自己的心情下去，自己總有一天會爆發。不想個辦法發洩的話，就會被周圍發現眞相——自己其實只是一個戴著女神面具的無趣女人——

翌日是萬里無雲的晴空，昨天的風雨彷彿騙人。窩在房間一整天的住宿生們，在結束用餐之後紛紛往外跑。儘管眞由里才說今天一整天都要打掃外面，不過能到外頭曬曬太陽，還是讓大家歡欣鼓舞。

櫻子在鞋櫃前換上運動鞋時，被幾名女學生搭話，說謝謝回信。眞的很抱歉，櫻子這麼回道，她們便羞紅著臉不停搖頭。

「妳眞的好好拒絕了她們。」

千尋向櫻子揚起爽朗的笑容，櫻子說聲當然囉，挺起胸膛。

「畢竟我最喜歡大家了。」

「妳眞是個認眞的人。」

千尋才一腳踩進運動鞋，就高聲喊痛，迅速扔開運動鞋。滾落玄關地板的運動鞋中，掉出了玻璃碎片。

「千尋！妳還好嗎？」

櫻子高喊，叫旁邊的茜請眞由里過來，隨後從口袋取出手帕，按住千尋的腳底。

「……手帕會弄髒的。」

「現在不是在意這種事情的時候吧！比起手帕，妳還好嗎？會很痛嗎？」

「沒事，血讓傷口看起來比較嚴重而已。」

不久，茜就帶著眞由里過來。進行緊急包紮後，千尋被送去醫院。中午過後從醫院來了聯絡，說千尋的傷勢並沒有那麼嚴重，大家都鬆了一口氣。後續安排上，千尋就這樣回家，宿舍的行李日後由父母來取。

眞由里在傍晚時分回到宿舍。與外頭晴朗天氣相反，宿舍內陷入低氣壓。這也是理所當然：畢竟千尋之前畫的眞琴肖像畫才被人撕破，這次直接成爲攻擊對象。目前眞凶未明，大家自然難以放鬆。

儘管眞由里表示，如果有任何線索，就到舍監室找她，不過似乎毫無動靜。沉重的氣氛就這樣一直持續到最後一天，大家在最糟糕的氛圍下，迎來休業式的日子。

❀

搭上開往山腳的接駁巴士，櫻子在後方座椅落座，將托特包擱在膝上，並示意茜坐在她身旁。茜默默點頭，卸下背上的背包，同樣抱在膝上。除此之外，她還另外帶了小行李箱，稍嫌憋屈地放在腳邊。

課本、習題和衣物等要一口氣帶回家太麻煩，大部分住宿生都會事先打包裝箱寄回家裡。櫻子也建議茜這麼做，不過茜堅持要自己拿回家，勉強帶了大包小包。

「行李還是寄回去比較方便吧？到時會有很多來參加祭典的遊客，車站的置物櫃也不知道會不會有空位。我們可以搭晚一點的巴士也沒關係。」

「嗯，但是我這樣就好。」

茜堅持不肯聽從自己的建議，櫻子有點難以理解，不過她告訴自己，也許茜有苦衷，接著便轉換話題。

「幸好天氣沒變壞，星島祭看來會照常舉行。」

「嗯。」

茜的表情陰沉，大概是在想千尋受傷的事情。這也難怪，茜在肖像畫事件遭人懷疑，自然會擔心接下來不知何時又會被人針對。

「沒事的，茜，我會一直相信妳。」

茜並未馬上回應。她彷彿在細細品味這句話，接著終於理解其中含意般，過一會才回說「我沒放在心上。」難道她不是在想千尋的事情嗎？那麼她到底在思考什麼呢？櫻子焦躁地搜索腦中，卻找不到解答。她將視線轉向窗外，以免被茜察覺自己的想法。

「眞美。」

天空難得染成一片茜紅色。在茜的眼中，櫻子想必像是被燃燒般的景色吸引目光。櫻子想，自己可不能被看穿，自己其實是因爲無法搞懂茜的心思而困惑不已。

一下車，櫻子就拉著茜的手奔進車站。站內已經因爲遊客而一片擁擠，置物櫃也幾乎滿了。好不容易找到一個空位，卻放不下兩人的行李，於是櫻子讓茜先把小行李箱放進置物櫃。

「但是櫻子學姊的包包……」

「沒問題的，我本來以爲置物櫃都沒得用，所以特意減輕了行李。」

口袋中的手機發出震動，櫻子在置物櫃和茜的遮蔽下，將手機放到耳邊。

「喂？」

「櫻子？妳現在人在哪裡？要好好說一聲啊。媽媽已經到了，現在人在剪票口。」

「我們在置物櫃放行李，馬上過去。」

母親似乎還想說什麼，但櫻子在她說話前早一步切斷電話。

「我們走吧。」

櫻子正打算牽起茜的手時，一道聲音響起。

「櫻子，歡迎回家。」

櫻子越過茜的肩膀，見到母親的身影。櫻子低聲說出「我回來了」，茜也跟著回頭，說了聲「初次見面，您好」。

「妳就是櫻子的『孩子』嗎？」

「是的，我叫一之瀨茜。」

「我是櫻子的母親，請多多指教。有什麼煩惱的話，要多跟櫻子說唷，畢竟幫助妳就是『母親』的責任。」

好的，茜點頭回應，一臉緊繃的神情，在螢光燈下照得一清二楚。是因爲見到母親，所以緊張，還是茜知道了櫻子的「祕密」呢？不，應該不會吧。櫻子背上的汗珠蜿蜒而下。清涼的夜風明明從山上吹拂而來，櫻子卻不停冒汗，止也止不住。

三人在母親帶頭下走出車站，沒走幾分鐘，大海就在眼前展開。沿街一路垂掛著燈籠，她們依此爲路標，走向海岸。

祭典的音樂傳入耳中，烤花枝和炒麵的誘人香氣同時鑽入鼻腔，在海邊沿岸的攤販正從眼前一字排開。

年紀大約幼稚園左右的小孩嘻笑著從腳邊跑過，緊接在他們身後的是媽媽們生氣又隱約樂在其中的「別亂跑——」。星華的制服雖然也很顯眼，不過女孩子果然光是穿著浴衣，配上木屐，就令人覺得嬌俏可愛。

櫻子偷瞥身旁的茜。夕陽不知何時已沉落於海平面下，全憑燈籠和路燈的光線照亮她的側臉。不知道是不是昏暗光線造成的錯覺，她的表情與平常不同，流露出幾分寂寞。

「如果有什麼想吃的東西，就盡管說喔，惠子學姊我請客。」

母親的話讓櫻子一陣錯愕，慢了半拍才回應。

「謝謝，茜也不要客氣……家母也是星華畢業的，算是學姊。」最後面一段是壓低聲音，避免被母親聽到的耳語。原來是這樣，茜這才理解似地低聲回應。

櫻子走下護欄盡頭的階梯，踏上沙灘。幾隻想要撿剩飯的野貓四處徘徊，讓差點踩到牠們的櫻子步伐不穩。沙灘上無法像平時安穩走路，腳步自然而然也慢了下來。

章魚燒、雞蛋糕、熱狗串、蘋果糖、刨冰……一家家在鎢絲燈泡燈光下的招牌布簾，儘管只是走馬看花，依舊在眼底映下鮮烈明亮的印象。在僅能看到幾步之遙外的夜色中，燈火通明的路邊攤，店主親切的吆喝聲，使人陷入既懷念又難爲情的奇異心境。

三人逛了一圈，繞回頭買了章魚燒、雞蛋糕。由於沒多做說明，店主給了她們三雙筷子。

設置在海邊的座位區客滿，找不到空位的她們只好帶著行李，在會場來來去去繞了一陣子。好不容易，茜注意到有一家人起身離開，她立即上前占位。見到茜彷彿撿回主人拋出去玩具的小狗，一臉得意地喚一聲「學姊」，櫻子忍俊不住地笑了出來，跑向她身邊。

大概是經過日曬雨淋，白色的塑膠桌椅顯得有點髒，不過總比坐在地上吃要來得好。

正當櫻子打算坐下時，一道聲音阻止了她。

「櫻子，快停下，眞是不成體統。」

母親從皮包中拿出手帕，鋪在櫻子和自己的椅子上。

「這種地方的椅子都髒得很，要鋪上手帕才合乎做法。」

曾經是話劇社一員的母親，聲音依舊通澈明亮。章魚燒店的大叔看著她們，露出一臉明顯覺得她們古怪的表情。坐在旁邊桌位的情侶也瞪著這裡，嘟噥「那我們也不成體統囉」。母親卻毫不在意地坐下，從皮包中拿出手機。錯過開動的時機，櫻子不禁感到不滿：讓別人等自己，難道不也是不成體統嗎？茜配合地從口袋取出手帕，比照母親的做法，鋪在椅子上坐下，但她想必也覺得很傻眼。櫻子在心中暗自祈禱，希望母親別再做丟臉的事情了。

「惠子學姊。」

傳入耳中的聲音，讓櫻子情不自禁抬起頭。五六名想來至今依舊每月定期聚會的星華校友會成員，就站在三人旁邊。

「哎呀，大家都在，這吹的是什麼風呀？」

母親臉上浮現淡淡笑容。

「我們聽說惠子學姊要跟櫻子的『孩子』碰面，就想如果我們也來星島祭，說不定有機會偶遇，這才久違來參加祭典。」

「眞是太不可思議，竟然能在人這麼多的情況下偶遇，簡直就是命運的安排。這位是櫻子的『孩子』，一之瀨茜小姐。茜，這幾位是星華的校友。我們即使畢業後，也仍舊被堅定的羈絆綁在一起。櫻子和妳也都是其中一分子喔。大家過來坐坐，一起聊個天吧。」

櫻子錯愕地看著這群中年女性的動作，她們毫不推辭，擅自把一堆沒人坐的椅子拉到桌邊坐下。眼前景象簡直就是電視上令人傻眼的無禮大嬸翻版。要是在家裡或學校之類的封閉世界裡，自己還能奉陪，但眾目睽睽下，被當成這群人的「一分子」，讓櫻子實在難以忍受。

大嬸們用大嗓門彼此交談，逛了一圈攤位，買好自己想吃的東西之後，回到桌邊落座，用一句「話說回來」開了話頭。

「茜，令堂也是星華的校友吧？她是哪一屆的？說不定是我們知道的一之瀨同學？」

「不，家母並不是星華的校友。」

「……哎呀，這樣啊，嗯——」

大嬸們毫不含蓄地用視線從頭到腳打量茜，櫻子一聲不吭地屏氣忍耐。帶戀人回家，介紹給家人的感受一定就像這樣。心臟被緊緊捏住，身體完全無法動彈。櫻子試著抬起視線，確認母親的反應，她就坐在她們旁邊，正以優雅萬分的姿勢吃刨冰。

「那妳爲什麼會來讀星華？」

「……外公外婆堅持。」

「所以妳外婆是星華的校友囉？」

「……不，也不是，其中有不少緣由。」

時間快到了喔，從櫻子後腦杓的方向傳來小孩奔過沙灘的吆喝聲。茜明顯不知該如何回答，這種時候，櫻子只要用一句「煙火好像快要開始了」帶過去就好，但出不了聲。在學校時，說起謊來跟呼吸一樣，重要時刻卻一句話也說不出來。

「大家，別一直猛問問題，這不是讓茜很傷腦筋嗎？」

看到母親對茜露出的微笑，櫻子感到全身冒起雞皮疙瘩。

櫻子想通了：遇到星華校友會的人並不是偶然，一切都是母親安排好的。她一找到座位就打開手機，想必是通知她們自己的位置。櫻子很清楚母親這麼做，是爲了利用其他人，問出自己想知道的事情。這就是她的做法，她只是不想弄髒自己的手。

「……那茜就不是『純種』吧，眞遺憾。」

缺乏常識的大嬸們裡，有人低聲說。她們就像得不到想要玩具而鬧彆扭的小孩一樣閉上嘴巴，無意交談。隨之而來的沉默，讓櫻子和茜都感受到一種不允許她們開口的氣氛。

「大家也不用這麼說嘛，茜是我們星華的學妹，我們應該要好好對待人家。是不是純種根本不重要，不是嗎？」

母親用右手將頭髮撩到耳後，筆直注視著茜。櫻子馬上看穿她根本口是心非。說謊或不是出自眞心時，母親就會像這樣打理外表，端正儀態。

櫻子簡直想馬上站起來，對眼前的女人拳打腳踢，高罵自己從未見過像她這般低俗差勁的女人，狠狠地打擊母親，然而櫻子從未將這樣的想法付諸實現。

她們口中的「純種」，是代代從星華畢業的家族。櫻子家從曾祖母那輩就是星華校友，母親對此引以爲傲。能參加星華校友會的人，也以母親是星華校友爲最基本的條件。所謂的「純種」究竟有什麼價值，櫻子完全無法理解，也不想理解。母親的所作所爲，不過是低劣的歧視與霸凌。

咻地一聲悠揚聲響揚起，空氣傳來繃緊的振動。歡呼聲和拍手聲同時響成一片。櫻子感受到視線邊緣的天空亮起，卻無法坦然抬頭看煙火。身體就像被石膏固定，無法動彈。櫻子也無法確認，此刻的茜臉上是什麼表情。

「櫻子，接下來我們就個別行動吧？和我們這些婆婆媽媽們在一起，妳們也沒辦法玩得盡興吧？要回家的時候再聯絡，我們一起回家。那麼我們就到此別過，茜，很高興能見到妳。回去的時候要小心喔，再見。」

母親等人嘰嘰喳喳地結伴離去的背影，不管年歲如何，都充滿少女作態。年紀這麼大一把，還搞這種動作，就連身爲女兒的櫻子也只一陣作嘔。

身體終於可以動彈，櫻子望向表情一片空白的茜，胸口一陣絞痛。

「茜，對不起，請別把家母的話放在心上。」

櫻子低頭道歉，茜搖了搖頭，臉上浮現苦笑。

「沒關係的，反正也是事實。我才覺得不好意思，櫻子學姊的媽媽一定覺得很失望吧，妳的『孩子』竟然像我這樣。」

「茜半點錯也沒有！」

話甫出口，眼淚就奪眶而出。櫻子強忍模糊的淚眼，筆直凝視著茜。被櫻子的聲音嚇了一跳，茜也僵著身體回望櫻子。

「錯的是母親，把純種這種話掛在嘴上，根本庸俗不堪，差勁透頂。我一點也不認同母親的話，也不會要求妳的原諒，但是拜託，請不要討厭我。」

櫻子用發顫的手抓住茜的手臂。她睜大眼睛，盯著櫻子的雙眼。櫻子也知道，自己害茜受到如此惡劣的對待，卻還出口要求她留在自己身邊，實在太過厚顏無恥。茜想必不再想和母親有任何瓜葛，就像逃離母親的正子一樣。畢竟就連身爲女兒的櫻子，也抱著同樣的想法。

櫻子感受到茜輕輕呼出一口氣，然後……

「我是不會討厭櫻子學姊的，畢竟父母和小孩是不同的個體。」

隨著砰的一聲巨響，茜的笑臉被煙火照亮。她全心全意相信櫻子。這個體悟讓櫻子心痛不已，又帶著晦澀的喜悅，令她胸口一緊。不對，我不是妳想像的人——櫻子忍住想這樣大喊的衝動，微笑道謝。自己現在的表情一定和母親一樣。櫻子自身也執著於「血統」，不過和母親不同的是她並不在乎「純種」，而是喜歡毫無沾染星華氣息的人。正因爲茜未被那小小世界的價値觀汙染，自己才無論如何都想得到茜。

不知是誰先站起身，走向海灘。她們就像其他人一樣，坐在沙灘上。手帕根本沒必要。大家一起朝向大海，仰望著天空。明明在場都是初次相遇的人們，櫻子卻覺得此刻比在宿舍食堂與大家同桌共餐的時候，心情更爲寧靜。

眼前年紀大約上幼稚園左右的男孩，腳已經完全踏入海中，彷彿已不記得自己身在何方，只是呆呆站在水中，抬頭望著夜空。剛才那個壯觀的煙火，會在他的記憶中刻下什麼畫面呢？如果自己能回到當時……櫻子不禁將遙遠過去的自己重疊到眼前的身影上。

光和聲音都消失，四周被黑暗包圍。差不多要開始了，一名男性開始興奮吵嚷，櫻子不由自主跟著將視線投向水平線。說時遲那時快，只見絢麗的火光從左右一直線竄燒而過，一口氣照亮夜空與海面。緊接著星點般的火花刷刷地傾洩而下，金燦熠然的光點以恍若瀑布的奔騰之勢流淌入海。

「好厲害，我從沒看過這樣的煙火。」

聽到茜宛如嘆息的聲音，櫻子身體一顫。沒有艱澀詞藻，也不是什麼大道理的簡單一語，永遠都能深深打動櫻子的內心。

「真的很漂亮，如果許個願，彷彿就會成真。」

櫻子忽然看向四周，人人都將手合在胸前，閉著雙眼。看來不只星華的學生，來參加祭典的人們也都知道那個傳說。

「我們也來許個願吧。」

櫻子看著茜點頭閉眼，自己也交握雙手，閉上眼睛。

剛才光輝絢爛的景色此刻仍烙印在眼皮內側明滅閃爍，讓人有點眼花。看完最後的煙火，周圍不少人都開始準備離去，兩人卻久久未能起身。曾幾何時，祭典的樂聲已經消失，耳邊剩下不斷拍打沙岸的海浪聲。

尋思說點什麼比較好的櫻子試著張口，但此刻滿溢於胸口的情感思緒，她都只想蒐藏於心中，結果她們只是默默點頭，開始沿著海岸邊散步。

自己得到了母親沒能得到的東西——櫻子明知這只是錯覺，然而沉醉於周圍氣氛與祭典傳說之中，她選擇假裝自己已將現實拋諸腦後，步向車站。

✿

櫻子送茜到剪票口，從車站的顯示螢幕確認茜搭的電車離站後，才傳簡訊給母親。煙火施放結束已過了幾十分鐘，遊客大幅減少，車站內寥無數人，剛才的熱鬧光景彷彿就像一場夢。

母親一見到櫻子，就抱怨「我都發不知多少次簡訊了，太久了吧？」迅速走進剪票口。

「其他人都回去了嗎？」

櫻子客套地詢問。

「怎麼可能？大家才不會丟下我一個人回家，我們剛才都在車站的咖啡店聊天。妳一直沒發訊息過來，大家都很擔心，留下來陪我。」

讓朋友陪自己等待，結果自己卻先離開的母親讓櫻子難以置信，但她還是低頭道歉。

「妳不要跟妳的『孩子』走太近比較好。」

一搭上電車，在對面式座位落座，母親就開口這麼說。

「爲什麼？母親之前不是告訴我，要好好對待自己的『孩子』嗎？」

自己倒映在窗戶中的表情實在太過森冷，讓櫻子一瞬間有點畏縮，然而她無意收回對母親說的話。她很清楚母親的理由為何，但實在無法就這樣乖乖吞下這口氣。

「因為妳們的家庭環境實在差太多了，她不適合妳這個模範生。」

「千尋家也沒人是星華校友，即便我和千尋比較要好，母親也從未反對，不是嗎？」

「千尋是有明確的目標，她將來要走美術這條路，才會來讀星華。可是那個叫茜的孩子不一樣，妳知道她為什麼會讀星華嗎？」

櫻子搖頭。

「她是被丟下的小孩，媽媽離家出走，所以留在外公家給他們照管。可是她的態度叛逆，老是造成問題，他們家不想讓她留在家裡，才把她塞到星華就讀。這些消息是星華校友會的大家幫我查出來的，我還想說不定是她周圍的人說法偏頗，才決定今天和她見面。但傳聞看來是真的，她的態度和禮儀都不像話，還對就讀星華的理由含糊其辭。果然無風不起浪。」

櫻子屏住呼吸。

茜那總是帶點反抗的態度，以及不信任他人的眼神，背後原來有這麼難過的原因。櫻子覺得茜和謝利有相似之處，原來不單純是錯覺。她也和謝利一樣，被人拋棄了。茜想必也在內心深處，希望有人能對自己伸出援手。自己說不定就是嗅到她的弱點，下意識地加以「利用」。想到這裡，櫻子不禁直冒冷汗。

「……但是我們已經一起看過煙火瀑布了，妳也知道那個傳說吧？在星島祭一起見過煙火瀑布的兩人，就會擁有永遠的羈絆，這件事是沒辦法改變的。」

櫻子急切地找理由，卻被母親帶著不當一回事的表情，回以冷笑。

「妳說那個傳說呀？怎麼，妳眞的相信？」

「什麼意思？」

「那個傳說是騙人的，畢竟那是我捏造出來的。」

「……我不信！」

「我沒騙妳。妳想，即使是情侶，如果兩人單獨去人擠人的遊樂園玩，不也會因爲無話可聊，最後因爲相處尷尬而分手嗎？相同的道理，如果兩個人能不起口角，感情融洽地一起看完祭典最後的煙火，她們一定合得來。既然合得來，自然能感情融洽地相處下去……這個傳說到現在還在流傳，可見我的影響力還在。哎。不過這個傳說也有例外。正子她就不行，算我沒眼光。妳就和其他學生打好關係吧，星華的學生應該都是好孩子吧？」

櫻子努力壓抑從胸中湧出的憤怒與絕望，心不在焉地聽著母親無聊的過往事蹟。

即將開始的暑假顯得如此可憎。櫻子必須每天面對母親的臉，扮演她的好女兒。

兩人抵達離家最近的車站。開車前來迎接的父親，除了一句「歡迎回家」之外，回程上一聲不吭。上車之後，母親仍然喋喋不休地抱怨，然而父親只是平穩地開著車，讓人搞不清楚究竟有多少內容傳入他的耳中。

簡單沖個澡，終於得以自由行動的櫻子，一回到睽違數月的房間，怒火便竄騰而起。她用枕頭摀住冒出的嗚咽。屏住呼吸，努力忍了下來。櫻子感到此刻臉上一片火熱，幾乎擔心起自己的腦血管是否破裂。同時一陣宛如野獸的喘息從口中逸出。

茜被批評一事，讓櫻子感到不甘心。這一點千眞萬確。

然而櫻子之所以會如此氣憤難平，是因爲自己無法抬頭挺胸地向母親抗議。

櫻子和母親一模一樣。

不論是五官、體型……或是身邊盲目吹捧的跟班們，以及爲了得到摯友使出的手段。糟蹋茜洗好的衣服、寄送寫著「去死」的惡劣信函、撕破千尋的畫，以及在千尋的鞋子裡放玻璃碎片，做出這一連串事情的犯人，全都是櫻子。

至今爲止，每個人都想要親近櫻子。唯獨茜卻對自己不感興趣，讓櫻子深感新奇，無論如何都想要得到茜。

因此她才把茜推到谷底，屆時只要櫻子向她伸出援手，扮演成救世主，茜就會看向自己，營造出彷彿只有自己站在茜這一邊的情境。

其中有一大部分，也是出自於櫻子對千尋的嫉妒。千尋與自己完全相反，會直率說出一切想法，櫻子憧憬不已。然而這份憧憬，後來卻轉變成「妳一輩子也不會理解我心情」的扭曲心理。櫻子知道在鞋子裡放玻璃碎片太過火，但她實在難以克制。如果不這麼做，自己恐怕早已在大家面前曝露壞心腸的本性，遭到眾人輕視。

此外，謝利的事情也是一樣。

在雨中發現孱弱不堪的謝利時，櫻子眞心想要盡力救牠。整晚將謝利抱在懷中，溫暖牠瘦小身軀的那段時光，對櫻子而言，是無可取代的珍貴回憶。

但是恢復活力的謝利老是不聽櫻子的話。不管櫻子教過幾次，謝利總是在房間的地毯上隨意便溺，還看好戲似地在一旁窺看櫻子的臉色。

所以櫻子才出手打了謝利。

動手一次後，第二次就沒什麼罪惡感。被打的時候，謝利會露出畏怯的模樣，並擺出彷彿在討好櫻子的樣子，讓櫻子心下一陣舒暢。不過沒過多久，謝利便不肯再接近櫻子及與櫻子要好的人，現在頂多親近給牠飼料的眞由里。

謝利會開始對茜擺出威嚇態度，想來也是因爲茜後來和櫻子走得比較近。儘管至今無人察覺，不過櫻子一直擔心這件事總有一天會曝光。

櫻子自知不該向那片耀眼的光芒許下這樣的願望，然而她的心願只有一個。

「希望自己的所作所爲永遠不會被拆穿，自己能一直和茜當朋友。」

只不過就連自己這唯一的心願，也是母親支配的一部分。

櫻子知道自己對茜的友情是錯的，然而她不知道什麼才是正確的。該怎麼做，朋友才會願意一直留在自己身邊？朋友之間，該怎麼相處才是正確的？這些問題，櫻子都不知道答案。

櫻子唯一清楚的是，正子如果看到現在的自己，一定會感到悲傷。

將來某一天，櫻子是否也會讓茜痛苦不已，就像酒窩從臉上消失的正子一樣？想到這裡，櫻子總是忍不住希望自己能就此從世上消失。

就像落入海面消散的點點星火，維持著璀璨耀眼的印象，曾幾何時消失在眾人眼中。

第三章

從宿舍所在的山上下來，車子開了大約四十分鐘，終於抵達一間大型綜合醫院。醫院內滿是患者，大島千尋不禁吃驚，這裡竟然有這麼多生病或受傷的人。她忍不住思忖這裡和她出生的偏鄉村落的人口相比，不知道哪一邊比較多。只是表面上她仍然板著一張臉，以免被同行的舍監眞由里察覺想法。千尋裝出一副受傷沒什麼大不了的樣子，翹著腳閉目養神。在眞由里眼中，自己想必是候診太過無聊，所以打起瞌睡。

眞由里先前慌亂得彷彿受傷的人是自己，不過千尋清楚得很，她並不是擔心千尋的傷勢，只是在煩惱自己是否會被問責。在千尋眼中，眞由里行事總是以得失爲準。學生中受歡迎的人物就盡力攏絡，反之則輕忽冷落……千尋不禁報以冷眼，心想自己絕對不想成爲這樣的大人。

儘管這麼說，這次倒是多虧眞由里的這一點，才能方便千尋行事。

「大掃除的時候，我打算擦窗戶，所以脫了鞋子踩到椅子上，沒想到上面有玻璃碎片，就不小心被碎片扎到了。畢竟颱風剛過嘛，我雖然有留神注意，但還是不夠小心。」

千尋用輕快的語氣，笑著向來醫院接自己的父母解釋受傷的緣由。一旁的眞由里誇張地低下頭，「對不起，都是因爲我讓令嬡去做危險的事情。」

「老師，甭低頭道歉。都是我們家孩子太懶散，才會發生這種事。」

「沒錯沒錯，我們家女兒從以前就調皮好動得緊，打小就在山裡亂跑，這點小事算不上什麼。」

父親爽朗大笑，眞由里再次低頭表示歉意，一如千尋的請託，毫無說出「受傷的眞正理由」的意思。

眞是個垃圾，千尋偷瞥眞由里的側臉心想。

如果是一般老師，不管學生怎麼說，都應該要向監護人說出實情，然而眞由里大喜過望地接受千尋的提議。

——我希望能讓事情看起來像是我自己不小心受傷，而不是受到別人的惡意攻擊。

千尋不希望讓雙親認爲女兒在學校遇到問題。

雙方在醫院入口道別後，各自坐進停在停車場的車。眞由里隔著車窗再次低頭致意，便駛上車道離去。

千尋坐上車子後座，注視分別坐在駕駛座及副駕駛座的父母背影。

自己明明是因爲不想讓父母擔心才撒謊，然而父母如此單純地全盤接受，又讓千尋心裡不是滋味。

「雖然有點觸霉頭，不過只要想成提早三天放暑假，應該有覺得比較合算吧？」

後照鏡中映出父親露齒而笑的表情。

「就是說呀，雖然醫生說要靜養兩週，所以不能去參加合宿集訓，不過這樣今年可不就能參加小鳥遊神輿祭了嗎？千尋妳打從上高中，就沒法回來參加，這可是神明給的好機會唷。對了，穿著浴衣去吧？妳上高中時給做的那套浴衣，到現在還沒穿出門過吧？」

母親開心地將手合在胸前，像唱歌一般說道。

父母似乎沒意識到千尋今年是考生，以及這是千尋最後一次的素描合宿集訓。對兩人而言，村子就是他們的世界，他們也不打算認識村外的遼闊世界。

「不過等到兩週後我不用去醫院了，我就會回宿舍。即使沒辦法參加合宿集訓，我也得爲了術科考試的素描項目多加練習，還得讀書準備筆試。」

「沒問題的，甭擔心。咱們千尋是村裡頭腦最好，圖畫得最棒的。」

又來了，千尋心想。

「我有點想睏，到家前先睡一下。」千尋丟下這句就閉上眼。

❀

千尋居住的小鳥遊村，人口只有一千五百人。中小學校只有一間，是一學年一個班級，全校學生只有七十人左右的小學校，村裡的小孩都是朋友。

村內不是山就是海，大多數人都在漁港工作，不是的人則到鄰鎮去工作。沒什麼新奇的特產或觀光景點。

由於村內沒有高中，國中畢業後，大家就會讀鄰鎮的高中。搭上第一班電車，隨著電車搖晃一個半小時，這就是村子的日常光景。

然而千尋不同。

她是這個村子第一個上星華高中的人。

「果然千尋就是不一樣，咱從以前就認爲妳會有一番表現。」

不論是父母、朋友、老師，甚至是只打過照面的叔叔阿姨，都對千尋說過這句話好幾次，不過當中對千尋誇得最多的人還是爺爺。

村裡最帥氣的是千尋。

村裡最聰明的是千尋。

村裡最會畫畫的是千尋。

千尋是……

每當受到誇獎，千尋就會害臊地扭著身體，回說「沒什麼大不了」。其實她高興得不得了，只是沒有舉雙手歡呼。

星華高中從村裡出發要搭三小時的電車，而且本來就是全校住宿制，即使在通學範圍內，千尋也得離開村子。從幼稚園開始就一直同班的朋友要去讀別的學校，這件事讓從未有過類似體驗的同村朋友，在爲了千尋考上高興、誇獎的同時，更多的是別離的悲傷。

村裡的人們特地在公民會館開了送別會，村內從小疼愛千尋的奶奶和阿姨們各自施展本領，做了許多好料。爺爺叔叔們也爲了這一天，出海去捕撈千尋喜歡吃的魚。朋友們一起寫了卡片，流淚告訴她雖然不能上同一所高中，但會爲她加油打氣。

每個人都說「千尋就像是小鳥遊村的代表」。

當時這句話在千尋的胸口中留下溫柔的回響，就像把貓抱在懷裡一樣心情寧適溫軟，同時因爲自己不是單獨一人而感到踏實。千尋從車窗探出身體揮手，直到車站送行的人們身影愈來愈小爲止。

❀

車子途中休息了幾次，在高速公路上開了約一個半小時，車子駛上一般道路，穿過山路後過了一會，一片大海在眼前展開。灰色中摻雜些許蒼藍色的天空和雲朵，在緩緩沉入水平線的夕陽照映下，逐漸染成金色。碼頭上停泊著等間距的漁船，兒童笑聲從一旁的住宅傳出，千尋能輕易地在腦海中勾勒出笑聲主人的模樣。

這個村子一點也沒變。

在路旁一位臉上掛著笑容，大大揮手的女性映入眼中，是同學繪里子的母親。千尋連忙頭靠車窗玻璃，閉上眼睛裝睡。

「大島太太，怎地啦，千尋已經放暑假了嗎？」

父親把車子開到路肩，阿姨詢問坐在副駕駛座的母親。

「沒，學校還沒放暑假，就是千尋在學校受了點傷，所以咱先帶她回來。」

「哎，原來是這樣，可眞是辛苦了唷。千尋打小時候起就是淘氣。她頭腦聰明，運動神經也好，長相雖然端正，可與其說是小美女，活脫脫更像個大帥哥。以前還一直被大家打趣說，千尋簡直可以加入傑尼斯。」

母親對阿姨的話報以不置可否的微笑。母親不太喜歡千尋被說是「帥哥」。因爲她以前常常被爺爺責罵「明明要妳生能繼承家業的男孩，妳卻生了個像男孩的女孩，眞是沒用。」千尋現在仍記得很清楚，小時候被要求不准穿裙子，行爲舉止還要學男生。因此千尋現在對於女性化的打扮，依舊覺得有點彆扭。進星華之後，自己雖然努力不說方言，但還是無法習慣所謂的大小姐語氣，結果變成電視劇裡男性角色的說話語氣。儘管如此，千尋還是不討厭爺爺……雖然他已經不在世上了。

「難得回來一趟，跟千尋說一聲，叫她來咱家玩。繪里子定會開心得不得了，咱也會幫忙聯絡姊妹淘五人組的其他人。」

阿姨所說的「姊妹淘五人組」，是和千尋同年級的女性玩伴。千尋的年級總共有十三人，其中五人是女生，除了千尋以外，都一起就讀鄰鎮的高中。

「她今天累了，咱明個兒再跟她說。」

母親用眼神示意父親發車，阿姨卻毫無察覺，依舊開口想講下去。母親只好揚聲告別，硬是截斷話頭，發車離去，阿姨卻仍追著補上一句「告訴她咱會記得喔」。要是繪里子也在，應該會出聲抗議「太丟臉了快住手」。

母親彷彿已經忘掉剛才和阿姨的插曲，開始和父親討論晚餐的菜色。儘管看起來有點缺心眼，不過一直愁眉苦臉也沒什麼用。千尋暗自認爲這正是母親的優點。

夕陽已經全然西沉，僅有路燈的橘色燈火，倒映在宛如被墨汁染色的漆黑海面上。此時從遠方傳來太鼓的聲音。

咚、咚噠、咚、咚噠、咚咚咚、咚咚咚、咚咚咚、咚咚咚……

最初緩慢的節奏逐漸漸加快，最後激烈到就連哼唱間奏都有難度的程度。千尋的手也認得這個節奏，手指自然而然配合聲音敲打了起來。

再過不久就是小鳥遊神輿祭，這陣鼓聲想來是爲了屆時會架在山車中央的太鼓進行練習。就像小學、國中時期的千尋一樣，此刻後輩們也聚集在公民會館。祭典當天，四名小孩會站在山車上敲打太鼓。戴著烏帽子的鼓手是村中小孩們的憧憬對象，祭典前一週的選拔比試之前，所有男生都會以在選拔中脫穎而出爲目標，鍛鍊自己的技術。

千尋參加的小鳥遊太鼓會，除了山車的太鼓以外，也會舉行太鼓表演。萬綠叢中一點紅的千尋也從小學開始就加入太鼓會練習。和爺爺如出一轍的不服輸個性，讓千尋埋頭苦練，夢想著總有一天要站在山車上。既然要打太鼓，千尋就想要站上山車，成爲眾所矚目的主角，引領神輿行列，爲大家祈求無病無災、出海平安。

升上小學六年級的時候，太鼓會和千尋同年級的成員，包含千尋在內，一共只有四人。兩台山車之中，慣例上是國中生一台，小學六年級生一台，因此千尋信心滿滿，相信自己今年一定能站上山車。

「咦？爲什麼？爲什麼咱不能上山車？」

「女人不能上山車，端的是山車的神輿屋頂寄宿著神靈，所以打從前女人就碰不得山車，省得山車被弄污。」

手上練出的繭一陣鈍痛。女人碰到就會玷汙山車究竟是什麼道理？千尋感到血液湧上臉頰，喉嚨發乾，太陽穴一帶緊繃。不過比起生氣，千尋更感到羞恥。爺爺總是掛在嘴邊的話浮現她的腦海。

「千尋要是男生，肯定更有出息吧。」

此時千尋第一次，深刻感受到身爲女生如此沒用。世界上有許多只有男人才能做的事情，自己今後想必也會重複體驗像這樣的時刻。

爲什麼母親把我生成女生呢？我要是男生該有多好。

千尋強忍淚水，離開公民會館，踏上返家的道路。

路燈稀少的沿海道路平常走起來稀鬆平常，此時卻突然讓千尋感到害怕，她的腳步逐漸加快。她不想讓任何人看到自己此刻的模樣。

她想要當大家心中完美無缺的千尋。

千尋在到家前努力收淚，喊著「我回來了」，並掛上一如往常的笑容踏入家門。

「妳爲什麼沒當上太鼓的鼓手！落選了，妳倒有臉在那裡傻笑！」

晚餐開飯之前，千尋若無其事地告訴爺爺自己沒被選上的事情，結果千尋第一次見到爺爺這麼生氣，之前按捺的眼淚頓時潰堤而出。千尋之所以一直忍著不哭，也是因爲不想被說女生就是愛哭。

「被選爲鼓手的是誰！不選妳，六年級生可就沒人了吧！這是要讓國中生上嗎！」

千尋搖頭。

「……老師說要讓五年級的隆志來。」

「隆志？那種小鬼能打什麼太鼓？妳的太鼓比他好上幾萬倍吧？爲什麼不是由妳來當鼓手？」

「……因爲女人會弄污山車。」

爺爺說不定又會責罵母親，說都是妳把千尋生成女生。母親到時大概又會躲在廁所哭泣，就因爲誰叫我不是男生。

然而爺爺的反應出乎意料。他確實火冒三丈，白髮稀薄的腦袋上彷彿要冒出蒸氣，不過怒氣的矛頭所指的既不是千尋，也不是母親，而是太鼓會的老師。

「千尋，咱這就回公民會館去。」

父母還來不及阻止，爺爺就拉著千尋的手衝出家門。一發動已經有點年頭的小貨車引擎，總是安全駕駛的爺爺便猛踩油門，車速快得連千尋都覺得危險。

到了公民會館，還留在館內的老師和被選上的人，正在用扭乾的抹布擦拭太鼓的皮。爺爺經常教導千尋，這麼做不只是擦拭灰塵，同時也能培養愛惜太鼓的心情。平常千尋總是留到最後幫忙清潔，但是今天因爲沒自信表現得和以往一樣，所以就以不舒服爲理由早退了。千尋繃緊身體，擔心爺爺知道後會生氣，不過他似乎不以爲意。

「哦，阿哲，聽說今天發表了鼓手名單。你能不能給咱說明個，爲什麼千尋不在名單上，好讓咱心服口服一下？」

太鼓老師哲也是爺爺的學生，也就是說，爺爺以前當過太鼓的老師。

「老師，晚上好。咱說那個老師您也知道，女人是上不了山車的。」

「以前分工上是男人抬神輿，女人跳祭舞，可也就這樣而已。總的來說，從前只是因爲女人上山車很危險，所以才起了這樣的規矩。可咱家千尋可是比隨便哪個男人都厲害。況且你還說女人會弄污山車？難道你是在說咱孫女不乾淨嗎？」

爺爺的一番話，讓老師後退，發出「咿」的小聲慘叫。

「以咱來看，讓節奏還抓不好的傢伙上山車，還比較讓人難以理解。要是你說千尋的太鼓是因爲『身爲女生』，沒力道和持久力，會害節奏掉拍，那咱沒話講。吶，千尋，妳覺得妳的太鼓會比隆志差嗎？」

千尋堅定地搖頭。

「老、老師啊，咱也不是眞認爲千尋是女生就比別人差勁。只是讓她上山車，在村內遊行的時候，如果被人起鬨說怎麼讓女人上山車，受傷的會是千尋啊。」

「千尋，如果周圍的傢伙有意見，妳會受傷嗎？」

爺爺筆直的眼神就像彈珠一樣清澈，讓千尋吃了一驚，不過她在心中早有答案，沒有一絲迷惘。

「才不會受傷。就因是女生就不能上山車，那才更討厭。」

千尋向老師低下頭。

「請讓咱和隆志比試。要是比較差，咱就乖乖放棄。可要在不管性別的情況下，老師也覺得咱的表現比較優秀的話，請讓咱站上山車！」

老師仍舊有所猶豫，遲遲不肯點頭。

「……老師，咱也覺得讓千尋上山車比較好。」

隆志也出聲了。

「咱的節奏絕對會亂掉，要是站上山車，也一定會因爲得意忘形而出包。千尋就算和其他六年級生相比，也比任何人都來得出色。讓千尋上山車絕對比較好。」

總是被其他男生欺負而哭喪著臉的隆志，用出乎意料的清楚聲調發話，讓爺爺和老師都一臉驚訝。

結果因爲隆志的話，以及爺爺的助攻，最終由千尋站上山車。

父母雖然都對此表示反對，不過爺爺一如既往地獨排眾議。接下來從小學六年級到國中二年級的三年之間，都是由千尋當鼓手。剛開始確實有一群抗議讓女人上山車不成體統的古板老人，不過由於千尋的太鼓實在太過優秀，支持她的人反而更多。

現在女生上山車已經不再被視爲禁忌。

仔細一想，每當千尋說想做什麼，爺爺總是贊成與支持。

就連千尋說想考星華的時候也是如此：當時母親大爲反對，認爲千尋高中畢業後，不論是繼續上大學或直接就職，遲早都會離開村子發展，既然如此何必這麼急著離巢。不過爺爺卻對千尋的決定大加讚賞，堅定地站在她這邊。

「妳在說什麼小家子氣的話，千尋是好好考慮過自己的將來，才決定志願。老師也說過，憑千尋的學力和畫技，考上星華不是難事。哪有父母因爲自己會寂寞，就阻撓孩子的前途呢？」

現在想起來，當時母親一定覺得很不是滋味。責怪自己沒生男孩的公公，以及理應站在自己這邊的女兒，竟然站在同一陣線，將炮口朝向自己。

儘管如此，對千尋而言，爺爺才是最理解她的戰友。

只是如今爺爺已然不在了。

再也沒有人能在千尋背後守望著她。

❀

海港的早晨空氣帶著一抹淡藍色彩，令人心情平靜。太陽還沒完全升起，熨在眼皮上的日光溫暖得恰到好處。涼爽的海風打在肌膚上，出門散步順便充當復健的話，這個時段剛剛好。再過一會，陽光就會開始變得灼人，讓人不想外出。

回家後過了三天，千尋習慣在早餐前十五分鐘，像這樣出門散步。一方面是因爲千尋想早點恢復正常行走，另一方面則是因爲待在家裡和父母面對面有點尷尬。

兩年又四個月的宿舍生活之中，千尋回家的日子少之又少。自從今年一月爺爺過世，她只在家裡待過春假的一週。畢竟千尋打從出生以來，從未在沒有爺爺的家裡生活。爺爺總是陪在千尋身邊，對讀書、社團、朋友以及各種事情發問，而千尋則一一回答爺爺這些問題，這就是千尋的「家庭時光」。爺爺不在之後，感覺就不再像至今爲止千尋所知的家，讓她坐立難安。

想起昨晚的事情，千尋胸口一痛，深深覺得對父母過意不去。然而自己實在無法強顏歡笑，僞裝因爲煩躁而扭曲的表情。

昨天吃完飯，洗完澡之後，距離就寢時間還早，大家就一起看電視。在宿舍公共休息室也頗有人氣的女性偶像團體，穿著浴衣風的服裝跳舞。千尋雖然沒什麼興趣，但爲了跟得上大家的話題，就有一搭沒一搭地看了下去。

「最近就連這樣普普通通的女孩子，也能當上歌手呢。」

彷彿受不了沉默，母親率先開口。

「就是說啊，咱根本分不出誰是誰。」

「比起這些女孩子，千尋要來得可愛多了。對吧，孩子的爸？」

對於母親拋來的話題，父親只是模稜兩可地點頭應和。

「啊，對了，今天白天咱把浴衣拿出來，狀態看起來還好，要不現在穿穿？畢竟祭典的時候，妳一直都在山車上，只能穿著深藍色的法被（註）吧？這下子終於可以打扮得像女孩子了。就穿穿看嘛，絕對比那些偶像可愛唷。」

「……下次再說吧。」

千尋壓抑煩躁的心情，努力從喉嚨中擠出聲音。不論是深藍色的法被，或是朱紅色的烏帽子，都是鼓手的特權，讓當時的千尋深深引以爲傲，高興得不得了。母親卻不肯理解這一點。

「為什麼？橫豎現在也沒事，好嘛？不用眞的穿，只是稍微披一下就好。」

母親強硬地牽起千尋的右手，試圖拉她起身。千尋反射性地揮開母親的手。

「……我不想打扮得女孩子氣！」

千尋絕不是討厭穿浴衣，她也知道母親爲了不喜歡紅色及粉紅色等顏色的自己，特地準備了深藍色底色，配上白菊圖案的浴衣。即便如此，此時此刻的千尋還是無法穿上那身浴衣。因爲現在穿上浴衣的話，絕對會被說「果然比那些偶像歌手可愛多了」。

明明只知道這個村子的事情，卻老是對千尋給予過高評價，讓千尋實在無法忍受。她想高聲大喊你們到底知道什麼。

「……果然是媽媽不好，都是咱沒能把妳生成男孩，才會變成這樣吧。」

孩子的媽——父親出聲勸慰母親，然後轉頭對千尋開火。

「媽媽特地爲妳準備了浴衣，穿一下又不會怎麼樣？看妳那什麼態度，向媽媽道歉！」

突然擺什麼父親架子，千尋當下覺得父親可恥無比。爺爺在世的時候，父親老是看爺爺的臉色，不論母親或千尋被說了什麼，都不會出面袒護或生氣。

註：法被（はっぴ），日本的傳統服裝，多用於祭典等場合穿著。

「不過是給咱準備個浴衣，少擺出一副施恩於人的態度。」

久違的方言出口。明明自從進了星華，千尋就一直留意避免使用方言。

「妳還把父母放在眼裡嗎！」

父親勃然大怒。從以前到現在，千尋大概頭一次見到父親這麼生氣。

父親高舉右手，千尋下意識舉起雙手擋臉。不過父親就這樣僵止不動，並未對千尋揮下拳頭。

「給咱去房間反省。」

和爺爺不一樣，千尋暗想。儘管比較這些也毫無意義，但父親終究和爺爺不同。要是千尋用這種口氣對爺爺頂嘴，此時早就挨打，跌在榻榻米上。

儘管如此，千尋依舊信服爺爺的話。

千尋一句話也不說地窩回自己位於二樓的房間，鑽進棉被之中。棉被大概是白天被拿出去晾過，上面還殘留著鬆軟的暖意，讓千尋眼中突然泛起淚水。父母都對自己很好，然而千尋想說話、商量、展示自己畫作的對象，不是父母，而是爺爺。

把自己的素描拿給父母看的話，兩人一定會無條件讚美。

可是爺爺的話，他就會表示「這個不錯」、「這個有待加強」，給出確實的意見，而且看法都和千尋一致。爺爺不會一味讚美，正因如此，得到爺爺誇獎的時候，千尋才能相信爺爺的讚美，老實地感到開心。

千尋現在正需要爺爺的利眼。

她想讓爺爺看看眞琴的畫，然後詢問爺爺會給什麼評價。

結束漫無目的的散步，千尋一回到家就走進客廳。父親正坐在矮桌前攤開報紙，讓千尋有點尷尬，但她還是照舊坐在父親對面，將視線投向開著的電視。

「妳回來啦，腳還好嗎？」

母親從廚房端來醬菜及昨晚剩的馬鈴薯燉肉，臉上掛著和平常毫無二致的完美笑容。

「還好，要我幫忙嗎？」

「不用啦，妳坐著就好，腳都還沒好呢。況且在宿舍的時候，什麼都要自己來，至少回到家的這段時間，就好好放鬆吧。」

千尋囁嚅了一聲謝謝，不過母親馬上忙碌地返回廚房，沒有特別回應，因此千尋也不知道母親究竟是否聽到。結果換父親摺起報紙放在一旁，像是自言自語一般地開口。

「今天也挺熱啊。」

「但是還算涼爽喔，剛才稍微散步了一下，但沒流什麼汗。」

「妳今天有什麼計畫嗎？」

「我要和繪里子回國中的學校一趟。」

「爲什麼?」

父親詢問的時候，母親剛好端著白飯和味噌湯過來。

「國中美術社的學生們巴著繪里子，說要是千尋回來，就帶她來學校一趟。說是想請千尋幫忙瞧瞧至今爲止的作品，請她批評指導。不覺得很厲害嗎?」

笑盈盈解說的母親毫無惡意。

那可眞是了不起啊，父親模稜兩可地點頭，喝著味噌湯。

千尋在心中默念保持平常心，叮囑自己不要又像昨天晚上做出無謂反抗，開始喝起味噌湯。味噌湯和宿舍食堂的廉價味道不同，是用了大量柴魚片熬煮而出的上好滋味。

如此便已足夠才對。

千尋和繪里子約好九點半在神社見面。她在十分鐘前就抵達神社境內，踩著碎石步道發出沙沙聲響。

強勁的海風讓千尋只走了短短一陣子，頭髮就因爲濕氣而黏膩打結。好歹先用手梳理一下，這麼盤算的千尋用杓子汲取洗手池的水，清洗打理了頭髮。

「抱歉！千尋，等很久了嗎？」

千尋看到繪里子跑上階梯的身影，用力揮舞的右手和腦袋逐漸冒出地平線。

「沒事，我才剛到。」

千尋搖手甩去水珠。

「哇，千尋的衣服跟大家果然就是不一樣，好帥氣。」

爬完階梯的繪里子一邊喘著氣，一邊從頭到腳欣賞千尋的打扮，然後嘆了口氣。

「應該和大家差不多吧。」

「才不，差多了。這件衣服可也是什麼牌子的款式吧？」

「牌子之類的應該沒什麼差別吧。」

千尋一邊回答，一邊走向神社深處。出了神社後方的出口後，距離國中就只剩一小段路了。

繪里子笑著走在千尋身後，說了一句「千尋果然很帥氣」。罪惡感襲上千尋心頭，讓她反省起自己個性實在太差。儘管嘴巴上說沒差別，不過千尋身上穿的其實是她在衣櫃中最喜歡的衣服。MOUSSY的軍裝襯衫配上黑色修身長褲，布料還有做刷破處理。每當千尋穿上這身打扮，就特別常被學妹說帥氣，是千尋的「戰鬥服」。

繪里子穿著米色的短袖連帽衫配上短褲，想來都是在附近超市的服飾區買的衣服。儘管有加入流行要素，但多餘的圖案標誌顯得相當刺眼。要是在星華的宿舍穿這身衣服，一定會遭到大家譏笑，千尋絕對不會穿這樣的衣服……話雖如此，以前的千尋也是差不多的穿衣風格。

「千尋現在在準備考試嗎？我記得妳是要考美術大學吧？」

繪里子追上千尋的步伐，走在她身邊發問。

「是啊，T藝大。」

「哇，千尋可眞不是蓋的。可這樣一來，就會離村子更遠了吧？要是咱的話，感覺就不太可能。」

「繪里子呢？妳將來打算怎麼辦？」

「咱？直接去讀現在高中附屬的短期大學，心音和小梓也說她們會這麼做。咱討厭讀書，所以直接去找工作的話，也沒啥不好，可咱家爸媽說好歹去讀個短大。陽子則是要去讀護理的專門學校，畢竟她媽媽就是護士嘛。」

「大家都要從家裡通勤？」

「應該是吧。開始工作之後，就算不想要，到時也得離開家裡。反正就先看能到什麼程度吧。如果後來覺得有困難，可能到時就會獨立生活。」

這樣啊，千尋出聲附和，但心中卻難以接受。

爲什麼大家都不想離開村子呢？

千尋一直對外面的世界充滿憧憬，考上星華，讓她終於能離開這個狹小的世界。然而爲什麼在這小小世界的大家看起來會如此幸福——比千尋幸福呢？

步進國中學校的大門，海水的氣味變淡，取而代之的是縈繞於鼻尖前的泥土氣味。植物在日光加熱下散發的氣味。宿舍四周也同樣在山林包圍之下，聞起來竟然差這麼多。

千尋從木製的小小鞋櫃取出訪客用的拖鞋，走向走廊。

千尋注意到木質地板表面起毛，讓她想起班上男生玩滑壘，結果把褲子弄破的往事。究竟是國小時候的事情，還是國中的時候呢。

小鳥遊國小和國中用同一棟建築，原因無他，因爲小孩人數就是這麼少。

古老的三層樓木造建築雖然共有兩棟，不過普通教室明顯有一半都還空著。畢竟一學年只有一班，國小、國中合計也只要九間教室就已足夠。就算拿空教室當作專科教室或社團房間，也仍舊綽綽有餘。根據母親的說法，因爲是少有的古老建築，還曾經作爲電影場景外借了大約一個月。母親三不五時就會得意地提起這件事。

千尋踩著光是走在上面就會發出吱嘎聲的樓梯來到頂樓。星華的美術教室也是在頂樓，千尋曾經好奇地詢問指導老師，老師回答這樣的設計是追求更好的採光。

畫圖的時候，比起日光燈，自然光更利於作畫，所以美術教室才會盡可能安排在離太陽比較近的教室。

千尋至今仍覺得難以置信。

星華會這麼做，千尋毫無疑問。學校當初為了設立美術專科而重新打造了美術教室，自然會考慮到這一點。實際上，美術教室的窗戶也設計得比其他教室大。

可是小鳥遊呢？

教室本身和其他教室並無差別，同樣位於頂樓是否只是單純的巧合呢。

「啊，是千尋！歡迎回來！」

拉開美術教室的門，面門而坐的少女像向日葵一樣綻開笑容，站了起來。少女名叫橋本彩夏，是母親童年好友的女兒，千尋小時候也和她情同姊妹地一起玩耍。

「咱說彩夏妳別動啊……咱好不容易才畫好的。」

戴著眼鏡的少女一邊這麼說，一邊將掛在脖子下的畫板放在桌上。她是奧村美穗子，千尋和她也是自小就相處親密。

「腳還好嗎？咱聽說是被玻璃刺到受傷了，大家都很擔心。」

面對擔心自己的彩夏，千尋皺起眉頭。不過幾天而已，腳受傷的事情就已經人盡皆知，不愧是小村子。

「沒事，不過是不需要縫合的小傷口。比起這個，妳明年不是要上高中嗎？到時要記得喊學長姊，畢竟和『這裡』完全不一樣。」

只見彩夏拉長語調說好，吐了吐舌頭，也不知道有沒有在反省。

「好啦，說教就到此爲止吧。彩夏和美穗子兩人都說想考星華的美術專科，對吧？」

繪里子苦笑著打斷她們。

「嗯，咱兩個可是每天都膜拜千尋的臉，努力練習喔。」

彩夏指著千尋的頭上。千尋轉頭看向牆上，頓時全身凝固……牆上的確是她的臉。千尋的表情因爲痛苦而一陣扭曲。

三年前的夏天，千尋在推薦下接受星華的入學考試，在得知自己上榜之後，她在老師的請託之下，用水彩畫了自畫像，作爲留給學弟妹的榜樣。千尋還記得當時因爲母校的學生之中，她是第一個成功考取星華美術專科的人，對此有點得意忘形的千尋，可說是卯足幹勁畫這張自畫像。

……這張圖，眞的是當時的自畫像嗎？

「咱的夢想就是希望能畫得像千尋的這張自畫像一樣好。」

學妹的讚美讓千尋懷疑是不是只是客套話或是揶揄。在她的記憶中，她畫得應該比這更好，然而眼前的自畫像根本就只是塗鴉。這種東西被人當寶，只是讓千尋感到困擾。

至少在千尋所知範圍內，有人才從國中畢業，就能畫出這張自畫像根本不能比的作品。

「咱是認眞想去星華。彩夏只是在嘴巴上說說，可咱是無論如何都想考上星華。千尋學姊，請幫忙看看咱到目前爲止的作品。」

美穗子低頭後抬起臉。隔著眼鏡注視著千尋的表情認眞無比。

「行，我幫妳看看，把作品拿來吧。」

千尋在有點歪斜，彷彿是誰家父親業餘木工之作的板凳坐下，翹起二郎腿。看到美穗子去美術準備教室拿東西，彩夏嚷嚷著「眞好咱也要」，跟在美穗子後面跑出去。

「那兩個人也眞是熱鬧。」

「就是說。」

千尋應和，同時用左手握住顫抖的右手，掩飾自己的情況。現在看別人的畫這件事，讓千尋畏懼不已。

「有請學姊。」

千尋接下美穗子遞出的素描簿。

「聽說作畫題目每年都會有所不同，所以我試著畫了各種不同的東西。」

千尋翻開封面，入眼的第一張是握著鉛筆的左手素描。自畫像、蘋果、花、牛骨、杯子……千尋翻開一頁又一頁，想要找出值得誇獎的優點，卻令人吃驚地一個也找不到。

「怎麼樣？」

千尋無法直視美穗子期待的眼神，盡可能自然地讓視線落在素描簿上。

「妳是不是喜歡特別刻劃細節的部分？畫得很仔細呢。最好再認眞觀察主題一點，從整體去看，這樣應該會更有統整感。例如……自像畫的話，顏色最深的部分是頭髮，對吧？但是目前的深淺程度卻和臉及脖子的陰影相同。眞要說的話，應該用更黑的鉛筆更大膽下筆。用這樣的概念，先觀察整體呈現再來畫，就會比現在更好。這張圖大約花了多少時間？」

「大約五小時。」

千尋頓時啞然無語，遲遲說不出下一句話，但她還是想辦法從喉嚨中擠出回應。

「……那妳接下來要做的，就是要練習如何在考試時間的兩小時內，拿出現在這樣的品質。」

「咱有辦法拿到學校推薦嗎？」

「推薦入學其實幾乎都看運氣，所以很難說，不過可能性是有的。」

千尋迅速闔上素描簿，遞還給美穗子，接下素描簿的她臉上浮現宛如收到錄取通知的笑容。

千尋忍不住後悔起來，剛才應該告訴她，以她現狀來看，應該不可能錄取。自己明明才教訓櫻子，詢問她「難道不是妳自己不想嗎？」，讓千尋覺得自己很可恥。明明自己也是如此，都不想當壞人。

只不過面對邀人出來，卻在別人給予指導的時候，絲毫沒打算作筆記的學妹，千尋實在沒時間為她操心。她想必只是為了得到千尋的誇獎，才找千尋過來。接著拿出素描簿的彩夏和美穗子的程度差不多，和眞琴相比，根本是雲泥之別。

留下聲稱還要繼續練習再回去的國中生二人組，千尋和繪里子走出學校。

千尋原本覺得教室內已經夠熱了，沒想到一走到戶外，肺部就彷彿要被撲面的熱氣灼傷。蟬聲宛如暴雨一般傾盆而下。

「對了，要不要去一趟便利商店再回去？小鳥遊終於開了羅森（LAWSON）（註），店內也有用餐區，我們買個果汁聊聊天好了。」

繪里子額際浮現汗珠，臉上的笑容燦爛得讓千尋難以直視。

「好是好，不過我沒帶多少錢喔。」

「沒問題，咖啡歐蕾的話一百元有找，我請客。」

「不，這個程度的金額我也付得起啦。」

小鳥遊開了羅森便利商店，光是這樣就讓繪里子喜不自勝。千尋無法直視繪里子開心的樣子。只有鄉下人才會高興成這樣，對一般人而言，這種事情根本普通得不值一提。

千尋胸口泛起一陣焦躁感。當年第一次去星華時的事情，在她心中已成為心理創傷等級的往事。

星華位於山上。儘管和都會區有段距離，但對千尋而言已經是繁華無比的都會。電車搭一站就是商業區，有電影可看，也有流行服飾可買。

不過宿舍的人都說「這種鄉下地方，放假也沒地方可去」。她們說的似乎是雜誌上那種咖啡店、速食餐廳或名牌商店。

儘管如此，對千尋而言，星華周圍一帶宛如流行文化的發祥地。

小鳥遊沒有Uniqlo、Right-on，也沒有Mister Donut或麥當勞，就連便利商店都要沿著國道走上近乎兩公里才行。想要買衣服的話，就只有附近大型超市的服飾區，不花一個半小時搭電車，根本買不到時下流行的服飾。即便如此，買到的也不是雜誌上的品牌服飾，只是跟風的仿品。

說到底，村裡的小孩根本不覺得自己身處艱困的環境。周圍的人都是在超市買衣服，自然也無從察覺。電視上的人之所以打扮得不一樣，是因為他們是藝人——就連千尋曾經也是這麼想的。

註：日本三大便利商店品牌之一。

千尋是在春假要去買星華制服時，才注意到事實並非如此。體育館內滿是打扮時髦的少女，每個人都像是從雜誌上走下來的模特兒。只有千尋身穿白色連帽衫和寬鬆牛仔褲，讓她羞得無地自容。

當中更美的就是櫻子。她不只服裝，就連舉手投足、遣詞用字，甚至是微笑的角度都堪稱完美。

井底之蛙，千尋腦海浮現這個成語。當時的千尋正是那隻青蛙。自己在小鳥遊這個狹小的世界中，「千尋好帥」、「千尋好聰明」地受到眾人吹捧。然而一旦來到外面的世界，千尋就被打回原形。像千尋這種長相的女生，根本比比皆是。與流行時尚脫節的她，看起來格外黯淡。

當千尋被問到想要什麼當考上星華的禮物時，她人生第一次買了流行雜誌來研究，把百搭服飾及流行款式都買了個全，而且去的不是什麼附近的超市，而是單趟車程三小時的大型購物中心。

就算在那個時候，千尋也不曾想過要買女孩子氣的衣服。她沒自信能把碎花圖案的裙子和帶蕾絲的襪子穿得好看。可見爺爺的影響相當深遠。在好好研究雜誌一番之後，千尋決定以率性的中性男孩風爲目標。比起「可愛」，千尋更習慣聽到人說她「帥氣」，這樣她也比較自在。

不過看到千尋淨拿著黑白色系的衣服進試衣間，母親忍不住發言。

「明明能選其他可愛的衣服，爲什麼妳都要選那些很陰暗的衣服呢？千尋有著一張小臉，又長得可愛，穿起來絕對比其他女生更可愛。」

母親用大嗓門這麼說，讓千尋覺得無地自容。

……母親難道沒看到嗎？在那個體育館內的女生當中，我其實是最不起眼，最土的人。

就在此時，千尋領悟到不能把小鳥遊的人所說的話當眞。

再這樣下去，自己只會被外面的世界拋下。

❀

在家裡沒辦法專心用功。

千尋以此爲藉口，每天都到圖書館報到。小鳥遊的圖書館比家裡或星華的圖書室都來得小，但能讓千尋專心埋首於考試的練習題之中。

儘管會被熟識的阿姨詢問「要考哪間大學呀？」，或是遭到拜託「也教教咱家的小孩怎麼讀書吧。」，千尋已經習慣用模稜兩可的點頭及露出笑容來回應，對於如何自然演出「村子的明日之星」頗有自信。

在家裡則另當別論。

千尋總是煩躁易怒，每當父母出聲搭話，就得擔心自己可能會按捺不住脾氣，對他們口出傷人話語。

千尋突然喉嚨乾渴，從筆記本抬起頭。先前溫度舒適的室溫，此刻讓人微微冒汗。

「千尋。」

圖書館的管理員阿姨從櫃檯出聲喚她。

「抱歉啊，空調狀況好像怪怪的。咱叫那口子來修了，不過可能要花上一點時間。」

「我知道了，阿姨妳也辛苦了。那我今天就早點收工好了，剛好喉嚨也渴了。」

千尋看向手錶，時間才剛過下午兩點。她平常大多待到下午五點，不過空調壞掉的話也沒辦法。她將攤在桌上的參考書和筆記本收進背包，起身離座。

「眞是抱歉啊。對了，千尋，妳這趟打算在這裡待多久？」

「……還沒決定，大概會再待個一週左右吧。傷一旦好了，我就得回學校，畢竟我還得練習考試的素描。」

「千尋眞是了不起啊。那個啊，阿姨也知道妳很忙，但是有件事想拜託妳。」

「什麼事?我能幫得上忙的話,樂意效勞。」

阿姨從圍裙的口袋中拿出一張照片,遞給千尋。照片上是看似感情融洽的一男一女,兩人對著鏡頭比出V字手勢。

「這是阿姨的女兒和她男朋友,還挺俊的,對吧?他們今年冬天終於決定要結婚,阿姨想說,要是能請妳幫他們畫那個叫做婚禮迎賓照的東西?那就好了。」

千尋差點讓照片掉到地上,她連忙收緊加重手指。拇指和食指彷彿痙攣般微微顫抖。

「因爲以前貢叔家的美幸結婚的時候,妳不是幫他們畫了圖嗎?咱家女兒看到那個之後,就一直說想請千尋也幫忙畫一張。妳看,就像這種的。」

阿姨拿出另一張照片,拿到面前給千尋看。

照片上是穿著婚紗和燕尾服的新郎新娘,兩人站在千尋畫的婚禮迎賓照旁,臉上綻放燦爛的笑容。

……不想面對。

千尋別開視線,將手上的照片還給阿姨。

「雖然很想幫忙,不過我現在是考生,可能有點困難,眞是不好意思。」

阿姨垂下眉毛。

「果然啊。沒有啦,阿姨也跟咱家女兒說過:千尋忙得很,跟妳不一樣,所以應該很難吧。抱歉啊，千尋，忘了這件事吧。」

「不會，阿姨對不起，以後如果有什麼事再說一聲。」

阿姨不停道歉，讓千尋湧起想哭的衝動，離開了圖書館。此刻的千尋無論如何都不想直接回家。可以的話，她想找個地方獨處，毫無顧忌地大哭一場，然而村裡沒有地方能讓千尋一個人待著。每個人都認識千尋，如果千尋在哭的模樣被人看到，明天早上一定會全村皆知。

百般煩惱之後，千尋開始走向海水浴場。和海港稍有距離的海水浴場，並不是像電視上的大型海水浴場，而是連商店都沒有的海灣。

千尋以前常和爺爺來這裡散步。從千尋懂事的時候開始，即使上了高中之後，每逢長假返家的時候，千尋就會和爺爺來這裡，一邊散步一邊聊遍各種大小事。

爺爺在父母面前說話的時候，臉上肌肉幾乎紋絲不動。在千尋的面前，卻是個表情豐富的人。他對任何事都充滿好奇，整天泡在圖書館內吸收各種新知。

爺爺一輩子當漁夫，從未離開過村子，但知道各種事情。

對這樣的爺爺而言，唯一不擅長的事情就是畫圖。

來到海邊之後，風變得更強，細微的沙粒吹進眼中，讓眼睛一陣刺痛。千尋走在難得空無一人的沙灘上，爬上剛好看到的消波塊。海蟑螂瞬間四散，躲避千尋。

爺爺特別喜歡從這裡看出去的風景。

每次來這裡散步，爺爺就會央求千尋素描。只是用一根鉛筆畫出的簡單素描，爺爺就會大加讚賞，告訴她「妳畫圖果然很厲害」。

……自從回到小鳥遊村，自己還沒畫過半張圖。

千尋接連發出沉重的嘆息，嘆息聲消失在海浪的拍打聲之中。

有人畫得比我更厲害喔，爺爺。

千尋想像這樣找人訴苦，但做不到。小鳥遊的人們全都對千尋深信不疑，認爲千尋是最優秀的人。千尋必須回應他們的期待。

儘管如此，天才一般的人卻出現在自己面前，而且還是自己的「孩子」。

第一次見到眞琴的畫時，千尋因爲太過震撼而啞然失聲。剛從國中畢業的少女，竟然能畫出這樣的圖。知道這一點的時候，千尋體認到自己是井底之蛙。

從以前到現在，千尋都是老師的得意門生。打從眞琴入學起，老師卻態度不變，讓千尋深感打擊。至今爲止老師都會給千尋看喜愛的畫家的畫，用了自己畫作的雜誌，以及個展的DM，現在卻變成除非千尋主動，老師根本不會在課堂以外和千尋說話。

話雖這麼說，眞琴也不是和老師相處融洽。

她可說是對畫圖以外的事情毫無興趣。

眞琴不像其他學生，想要討老師歡心，也不會想要得到老師的讚賞。她完全不會討好老師，態度非常狂妄。儘管如此，老師依舊總是誇獎眞琴的畫。

眞琴那份孤傲的態度，千尋難以直視。

千尋覺得像她這樣的人，正是所謂的天才。

這麼一想之後，畫圖就突然變得痛苦無比。

千尋還是二年級的去年夏天，有一名同年級的學生休學了。老師對她的評價一直很低，最後她畫不出畫。千尋偶然聽到她在保健室說她只要一畫圖，手就會開始發抖。當時千尋還覺得「太嫩了」，只要像老師平常所說，不管他人評價爲何，人都要努力不懈。

但現在的千尋能夠體會她的心情。

畫圖好恐怖。

自己接下來究竟該如何是好。

千尋現在藉由指責眞琴生活習慣差，才勉強保住自己的尊嚴。

有時她也會因爲心情煩躁，而遷怒到櫻子身上。逃避身爲女性的自己，又逃離作畫之後，千尋究竟還能朝哪個方向邁進呢？她的格局又有多狹小呢？

恍惚感受著迎面拂來的海風，千尋突然想起關於休學中的同學某個想法……說不定她是……

話雖如此，千尋也不想向其他人詢問這件事。即便千尋的想法正確，大概仍然不知道今後該如何與眞琴相處。

❀

傷好得比預想快。

繪里子和阿姨多次提起到在她們家過夜的事情，千尋總找藉口搪塞，拒絕到底。回宿舍的日子，最後定在小鳥遊神輿祭的隔天。千尋大可可以早點回去，不過母親堅持想看千尋穿浴衣的樣子。

「果然很合適，千尋就是有和其他女孩子不一樣的氣場，孩子的爸也這麼覺得吧？」

幫千尋穿完浴衣之後，母親拉著千尋來到客廳，在父親面前誇張地揚聲說道。千尋不作期待，心想父親反正只會敷衍回答，卻聽到父親用帶著讚嘆的語氣說「挺不賴嘛」，讓千尋吃驚不已。

「比起粉紅色或紅色，千尋確實比較適合這類高雅的顏色，比其他女孩更成熟穩重。」

「對吧，咱的眼光沒錯吧?喏，千尋，妳照鏡子看看。」

千尋怯怯地望向放在客廳角落的全身鏡。

……眞的，還不差。千尋輕嘆一口氣。

「瞧，對吧？這種典雅的圖案不分年齡都好看，可以穿很久。接下來，再像這樣稍微整理一下髮型就好了。」

母親在手上抹開髮蠟，對千尋的瀏海稍加搓揉，然後迅速地編出斜向的髮辮。

「妳看，這樣就能露出額頭，編緊一點的話，就是妳喜歡的帥氣風格了。雖然妳可能不太喜歡，但再加上這個。」

母親替千尋的耳後簪上白色花朵的髮飾。

「咱在想千尋是不是因爲留短髮，才討厭穿浴衣，所以用網路稍微研究了一番。喏？怎麼樣？穿成這樣應該也不錯吧？」

母親面帶不安地望著千尋，千尋低聲嗯了一聲。

自己先前到底爲什麼那麼抗拒呢？千尋爲自己感到羞恥。母親其實如此瞭解自己，說不定比我自己更清楚自己的想法，千尋心想。畢竟實際穿上浴衣之後，千尋發現自己心中確實覺得很開心。

「反正不喜歡的話，明年不穿也沒關係，只穿今年就好。好了，繪里子她們在等了，快點去吧。咱晚點也會過去，外面天色還很暗，小心一點喔。」

母親喋喋不休地送千尋出玄關。

如牽牛花一般的靛藍色天空中，仍看得到滿布的繁星。現在是凌晨四點，小鳥遊神輿祭是從天亮前開始。山車正在村內繞行，隱約聽得到不知從哪傳來的太鼓聲。令人血液沸騰的鼓聲，眼前彷彿浮現身穿法被的男人們扛著神輿的浩蕩隊伍。

到了集合地點的小鳥遊港，繪里子、彩夏、美穗子穿著色彩繽紛的浴衣，混在遊客人群之中，在路燈下等候。

「抱歉，我遲到了。」

千尋出聲道歉，只聽繪里子驚呼一聲「好漂亮」。

「千尋果然就是不一樣，這一身好漂亮，是哪家品牌的浴衣嗎？」

千尋煞住原本要脫口而出的「沒那回事」。

「不，這是我媽買的浴衣，想來也就在這一帶買的吧？」

「咦，是喔？千尋的媽媽眞會挑。」

彩夏的稱讚讓千尋不知道該如何回應，所以沒能回話。爲了遮掩困窘，千尋詢問美穗子山車和神輿是否還沒來。

「應該快來了。」

美穗子才剛說完，請聽到有人說「來了」。山車和神輿從民宅後方出現。

咚咚噠。

「唷——呵！」

遊客們配合太鼓的節奏發出吆喝聲。聽到聲音的瞬間，千尋頓時感到一股宛如體內血液沸騰般的興奮直衝腦門。啊，就是這個，千尋不禁心想，這才是祭典。

咚咚噠，唷——呵，咚咚噠，唷——呵。

隨著節奏逐漸加快，山車和神輿愈來愈接近設置於港口的會場。拉山車、抬神輿的年輕男人們雖然都滿身大汗。臉卻和平時不同，顯得格外帥氣。

千尋的視線一角瞥到奔向山車的小學生們，以及嚷嚷著危險，想拉住小孩的家長們。沒錯，接下來才是重頭戲，千尋在心中低語。

隊伍一路來到觀眾面前，在隊伍前頭吆喝的男人拉高聲音大喊「要上囉！」。同時太鼓的節奏變得更加激烈。男人們開始左右搖晃山車。擔任鼓手的四名小孩事先都已用布條綁在山車上，以免被甩下來，不過因爲男人們搖晃山車的方式實在太過豪邁，讓人不免擔心起有人會摔下來。千尋定睛一看，發現今年的鼓手中還有一人是女孩。由於女孩的體型太過瘦小，讓她離不開視線。

「那個女孩還好嗎，不會摔下來吧？」

千尋不經意喃喃脫口。讓繪里子聞言噗哧一笑。

「村子裡的第一個女鼓手在說什麼呀。」

「呃，咱是說……」

看到千尋慌忙辯解，臉頰脹紅的樣子，繪里子又笑了出來。

「妳慌張到方言都出來囉，好久沒聽到千尋說方言了。」

「至今爲止雖然有很多鼓手，不過咱覺得千尋……千尋學姊的太鼓是最帥氣的。」

美穗子極力誇讚。

「好啦，大家不用再說這些客套話。」

「才不是呢，千尋，美穗子說的才不是客套話。她就是崇拜千尋，才會加入太鼓會，當上鼓手。她之所以想去星華，也是因爲千尋讀那邊。千尋可是美穗子的英雄喔，對吧，美穗子？」

聽到彩夏的話，美穗子也不害羞，只是筆直注視著千尋點頭。眼鏡後閃閃發亮的眼睛實在太過耀眼，讓千尋無法正面承受她的視線。

妳只是還不知道，世界上有更多厲害的人。等到妳有一天發現這一點，一定會後悔曾經把我當成崇拜對象。

「啊，差不多了。」

繪里子出聲說道，她指神輿要被送上小船。

山車會從神社到海港，一路爲神輿開路，最後將神輿送上座船。載著神輿的座船會在海灣內繞行，同時港口會敲打太鼓，進行祈求海上平安及無病無災的祈禱驅邪儀式。

太陽開始升起，遊客和拉山車的人們的臉龐輪廓，也宛如浮雕一般被清楚勾勒出來。乘載著神輿的座船一出海，煙火便隨之施放，頓時歡聲雷動，掌聲四起。

「千尋！」

剛才還站在山車前頭，引領山車的男性出聲叫住千尋。納悶的千尋定睛一看。

「咦……你該不會是隆志？」

「如假包換就是隆志在下我，看妳眼睛瞪那麼大，怎麼了？」

爽朗發出笑聲的隆志和千尋記憶中相差太多，已經成長爲身材修長的男人。

「沒啦，一陣子沒見，所以沒認出是你。」

「眞過分啊——不過千尋就算回這裡，也不太常出來玩，都在家裡畫畫。碰不上面也是沒辦法的事。」

「你怎麼知道我都在家裡畫畫？」

「因爲千尋的媽媽每次遇到咱都會抱怨，說那孩子就算回家，要不是跟爺爺聊天，要不就是在畫畫讀書，完全不肯跟自己說話。咱放學回家的時候，都會經過千尋家前，所以阿姨常常請咱喝茶，找咱聊天。」

「……這樣啊。」

隆志臉上宛如親人小狗的笑容與以前全然沒變，體型卻完全不同，讓千尋吃了一驚。不論是隆起的喉結，或是骨格分明的大手，在在都是以前難以想像的大人體格。

「不過千尋有來，眞是太好了。今天是咱第一次，也是最後一次大顯身手的機會。」

「最後一次？」

隆志嗯了一聲，同時舉起雙手伸展筋骨。

「這是咱第一次，也是最後一次擔任神輿的領頭隊伍。能夠無事抵達港口，眞是太好了。咱明年高中要休學一年，到美國交換留學，所以會離開村子一陣子。」

美國、留學。

千尋想都沒想過的選項，讓她感受到如雷轟頂的衝擊。眼界太小的其實是自己，不過是讀通勤時間三小時的高中，根本不是什麼大不了的事情。

「但是能碰上千尋眞是太好了，咱一直想跟妳道謝。」

「道謝？我什麼都沒做啊。」

「以前咱不是曾經被選爲太鼓的鼓手嗎？」

「……那麼久遠的事情怎麼了？哦，你是想說當時你不想當鼓手，因此解脫了嗎？」

千尋看不出對話的方向，便隨口亂說。隆志困擾似地垂下眉毛，辯說不是那樣。

「當時咱眞的覺得千尋帥得不得了，不管周圍說什麼，都不會因此動搖。千尋那個時候不是說，因爲是女生所以不能上山車才更討厭嗎？那句話帥氣極了：啊，這個人有自己的一把尺，不管周圍的人說什麼，都不會爲之所動，咱心想自己也想變成這樣的人。」

千尋說不出半句話。她回想起以前的自己原來如此堅強，現在的自己卻如此軟弱。連標準都已模糊不清，淨是被他人的意見、視線左右。

「那個時候咱原本想著自己眞幸運，千尋沒辦法上山車，咱就能上山車了。不過聽到千尋那番話，覺得自己丟臉得要命。不是靠自己的實力上山車，竟然還爲此沾沾自喜。所以才跟老師說比起選我，讓千尋上山車比較好……因爲咱是眞的這麼想。」

千尋啞然無語，面對至今仍抱著這樣想法的隆志，她不知道該做出什麼回應。

「……什麼啊，我還以爲你絕對是因爲我爺爺太可怕，才抽身退出的。」

千尋抽動臉頰肌肉，試著打哈哈帶過，沒想到隆志一臉認眞地點頭說是。

「那可能也是一部分的原因，畢竟千尋家的爺爺超可怕的。不過那時候，可能是咱第一次，也是最後一次被爺爺誇獎。」

「被爺爺誇獎？你那時候不是被爺爺批評得很難聽嗎？說你節奏都抓不好……」

「哦，咱被誇獎不是因爲太鼓，而是因爲咱說千尋比較好。」

隆志好笑似地憋著笑。

「應該是千尋站在山車上的時候吧，咱也跟在山車後面，結果爺爺突然出現，說要請咱吃刨冰。咱都嚇傻了，想說是發生了什麼事情。不過當咱乖乖吃著爺爺請的草莓刨冰時，爺爺伸手摸咱的頭，稱讚很了不起。」

「……爲什麼？」

「對吧？根本猜不出來吧？咱也搞不清楚到底是怎麼一回事，呆呆地抬頭看著爺爺的臉，結果爺爺說『你在認爲自己不如人的時候，老實承認面對了這一點，很了不起』。」

千尋突然覺得胸口發緊，呼吸變得艱困。她靜靜吐氣，以免被隆志發現。

「人很難承認自己不如人，就連大人都很難客觀面對事實。但是人不承認自己的敗北，就無法成長。不對自己的弱小有所自覺，也就無從克服，就連優點也無從發揮。所以你將來一定會有所作爲，爺爺是這麼說的。聽到爺爺這麼說，咱眞的很開心，畢竟咱從以前就做什麼都做不好。」

隆志的聲音在耳中彷彿變成了爺爺的嗓音。

〈承認自己不如人，不要逃避自己的弱小。〉

爺爺向意想不到的人，留下了千尋亟需的話語。想必就連當事人都沒察覺到這一點。

「隆志！神輿差不多要回來了喔！」

從山車那邊，傳來呼喚隆志的聲音。「現在就去！」隆志應聲，回頭看向千尋。

「總之啊，看到千尋離開村子去星華，咱也想成爲能好好追求自己想做的事情的人。知道妳從決定站上山車的時候起就沒半點改變，咱總覺得很高興，所以謝謝妳。」

「不用說謝，反正我也不是爲了你才去讀星華。總之好好加油吧，看你是要到美國還是哪邊去大展身手都行。」

千尋爲了掩飾發熱的眼眶，刻意用隨興的口吻回答。不過隆志似乎不以爲意，再次向千尋道謝。

「咱到美國之後，想讓大家看看祭典的照片和影片，向他們宣傳小鳥遊村，咱實在很喜歡咱們村子。到時咱也想給大家看看千尋的照片，告訴他們，咱村子還有比男生更帥氣的女生。」

那咱先走啦，隆志舉手道別，奔回山車後，吆喝著「打起精神上了！」。

爲了引導從船上下來的神輿，隆志再次高聲吆喝。接下來山車和神輿會繼續在村內繞行，傍晚才會回到神社。

遊客們紛紛跟隨著神輿邁出步伐，繪里子她們也對千尋說「走吧」。不過還無法挪動腳步的千尋只說了自己還有點事，硬是要繪里子她們先走。

千尋沿著變得空無一人的海岸漫步。走下沙灘之後，穿不習慣的木屐便開始進沙。千尋毫不猶豫地脫下木屐，一路走到波浪拍打處。

淚水打濕了腳背。

千尋原本以爲離開村子的自己有所成長，以爲知道外面的世界、知曉自己之後，自己有所變強。

結果呢？

想要站上山車，還是小學六年級生的自己，其實比任何人更強。

即使毫無前例，依舊主張自己要讀星華，並加以實行的自己，其實比任何人都清楚自己想做的事。

如今的自己如此不爭氣。

不過是遇到一個畫圖比自己更擅長的人，就不知道該何去何從了嗎？

自己所畫的眞琴肖像畫被撕破的時候，千尋其實很開心，因爲她無法忍受自己的畫和眞琴的畫並列。眞要說的話，她反而還想感謝撕破畫的人，然而千尋卻裝出暴怒的模樣，以免被人知道自己其實爲此暗自竊喜。

鞋子裡被人放玻璃碎片一事也是如此：比起有人對自己心懷惡意這件事，千尋更爲了能夠因傷不參加合宿集訓而高興。參加合宿集訓、看眞琴畫的圖，讓千尋難以忍受。

千尋想讓爺爺看眞琴的圖，想從見識過眞琴畫作的爺爺口中，聽到他對千尋毫不留情地說：妳根本連人家腳邊都搆不著。千尋打著如果爺爺這麼說，自己就乖乖放棄的主意，想把一切託付給別人的評語，藉此逃避。

千尋不想面對自身才能的極限，她不甘心，同時也害怕承認自己的極限。

隆志眞厲害，不愧是爺爺誇獎的人。他才是小鳥遊村的英雄與明日之星。

從不遠之處傳來太鼓聲和吆喝聲，撼動空氣的熱意，更進一步刺激瀕臨潰堤的淚腺。

自己果然很喜歡，千尋心想。

喜歡能讓所有人興奮的太鼓聲。

喜歡喊到讓人聲音嘶啞的吆喝聲。

喜歡相遇時一定會互打招呼的村人。

自己是如此喜歡小鳥遊村。

即便買不到品牌服飾，村裡只有一間便利商店，還會跟不上流行，一小時還只有一班電車。

雖然毫無道理，只是在這個瞬間，千尋眞心喜歡置身於此。

離開村子，爲了不被瞧不起而虛張聲勢的期間，千尋忘了自己眞正喜歡的事物。

自己得找回自己心中的那一把尺。

小時候自己確實擁有過那把尺，能衡量出自己想做什麼，喜歡什麼，想成爲什麼樣。

千尋暗自決定，回家後要跟母親說，自己想晚一點再回宿舍。千尋想在村裡多待一會，像小時候一樣自由畫圖。不是準備考試的素描練習，只是自由自在隨心所欲的畫圖。

自己今後也想繼續畫圖嗎？

抑或是想放棄呢？

千尋必須靠自己決斷。

第四章

即便返家尖峰期已過，電車內依然乘客眾多，找不到空位。星野眞琴好不容易在車門邊找到位子坐下。她將裝著最低限度的行李背包抱在膝上，以免造成其他人的困擾。

今年夏天據說是這十年來最熱的酷暑。宿舍公共休息室的電視上，也經常播報這則新聞。然而電車空調卻爲了節能省電而設定在弱冷程度，光是坐著就悶熱無比，額頭冒汗。坐在眞琴身旁的老婦人頻頻用手帕拭汗。眞琴從旁偷瞥，思忖對方是不是身體不舒服，但實在難以判斷。

打著燈光的摩天輪從車窗外一掠而過。這附近有主題遊樂園，每當暑假正式開始之後，車廂內就會擠滿興奮躁動的乘客。眞琴以前也和父母及姊姊一起被夾在人群中，不過現在她已經不記得全家人最後一次一起出遊是什麼時候了。

電車隨著車掌的廣播逐漸減速，不久後緩緩滑進月台。車門滑開的同時，伴隨著與夜晚車內不合的尖細嗓音，差不多上幼稚園的年紀的三名小孩走進車內，跟在後面的是三名有點散漫，看起來應該是母親的人。想來是剛從遊樂園回來，情緒還很高漲的小孩們像是放風箏似地拉著氣球，在車廂內跑來跑去。

本來就讓人悶熱不快的空氣，瞬間變得更難受。

大多數乘客都向母親們投以譴責的眼神，不過三人毫無察覺，熱烈聊天。

……眞是的，廢物大人麻煩快點去死一死，拜託。

眞琴勉力將衝上喉嚨，想要一吐而快的話語嚥回肚子裡，閉上眼睛。

就在眞琴咬牙忍耐的時候，其中一名奔跑的幼稚園年紀女孩，被老婦人的助步車絆倒，臉部直接著地。遲了一拍之後，刺耳的哭鬧聲響徹整個車廂。

談話聲戛然而止，穿著白色立領上衣，搭配緊身牛仔褲和高跟鞋，站姿裝模作樣的母親拉高嗓門叫了一聲「美姬！」並奔了過來。

「我說妳這個人！要是害我家小孩受傷，看妳要怎麼辦？能不能麻煩妳別帶這種礙事的東西上電車啊？」

女人把野獸般嚎叫的女兒丟在地板上不管，居高臨下看著老婦人，滔滔不絕地鬼扯。

「……我、我腳不太好，所以……」

「那又怎樣？我可是忍耐著沒帶嬰兒車上電車喔！腳有問題，別出門不就好了？」

「對、對不起，那個……」

彷彿刻劃著經歷過的歲月，布滿深深皺紋的孱細雙手隨著電車搖晃。看到這一幕……眞琴腦中有什麼斷線了。

「老奶奶，妳用不著道歉。」

眞琴的聲音比想像中還要響亮。

「怎麼，妳是她孫女嗎？」

「並不是喔？」

「那麻煩妳閉嘴好嗎？跟妳沒關係吧？」

「聽妳在電車裡高聲嚷嚷，叫得像猴子一樣，這邊可是很困擾啊。妳沒發現從剛才開始，大家都在看妳嗎？如果眞的擔心妳女兒，不是應該在向人找碴之前，抱起女兒，確認有沒有受傷嗎？」

女人的臉瞬間脹得通紅。眞琴毫不放鬆，繼續進逼。

「是說啊，妳說什麼忍耐著不帶嬰兒車，要是能讓小鬼安分一點，妳帶嬰兒車我反而還想感謝妳。沒辦法管教小孩的話，我看妳還是給他們繫項圈綁牽繩好了。」

「我說妳是沒生過小孩，所以才沒辦法理解養小孩有多辛苦吧？」

「那妳不也沒辦法理解，上了年紀腿腳不方便有多辛苦？畢竟妳年紀還勉強算是中年歐巴桑。」

「妳這小孩講話怎麼這樣？沒學過對長輩講話要有禮貌嗎？」

「這句話我原封不動還給妳，難道沒人教妳要溫柔對待年長者嗎？」

女人憋著怒火陷入沉默。贏了，眞琴輕輕呼出一口氣。扭曲的喜悅從胸口深處湧起。眞琴一旦認爲對方有錯，就會辯到對方無話可說才甘心。即使對方因爲嘴巴上贏不了而訴諸暴力，只要是「成功讓對方閉嘴」的結果，不論是額頭流血還是眼睛高腫，眞琴也對這份疼痛甘之如飴。

……我沒有錯。

儘管如此，女人依舊站在原地。她的眼底還帶著反抗的光芒，狠狠瞪著眞琴。她的兩名朋友也在她背後瞪視著眞琴。看來還不夠，眞琴深深吸進一口氣。對付這種傢伙，需要從根本打消對方的反駁並加以羞辱。

但在見到隔壁車廂的中年男性走向這裡時，眞琴就僵住不動了。

「……眞琴，妳在大聲嚷嚷什麼。」

父親來了。

剛才宛如念台詞般流暢的話語，全都卡在眞琴的喉間，全身肌肉也瞬間僵直。

眞琴變成人偶的期間，父親爲了女兒的無禮，向女人及老婦人致歉。用滿口「大人」的謊言及場面話打圓場的樣子，正是眞琴最爲抗拒的「大人」的模樣。

踏上睽違四個月的車站，讓人總覺得有點陌生。小小的車站便利商店一旁，新開了一間可樂餅店。父親走向即將打烊的可樂餅店，理短的頭髮中銀白髮絲似乎增加了。

「姊姊拜託我，說這家可樂餅很好吃，一定要讓妳吃吃看。吃三個應該沒問題吧？會太多嗎？」

父親頭也不回地出聲詢問，眞琴只是盯著父親的背影這麼回答。

「……我可沒說錯。」

謝謝，父親向店員微笑答謝，接過可樂餅，邁出步伐。父親同樣沒有答覆。

「是那個媽媽有問題！是她去找奶奶的碴！」

眞琴按捺不住，追上去抓住父親的西裝下襬，讓他停下腳步。

「……就算主張的事情是正確的，有時候也會演變成錯誤的結果。」

「我就算被那個媽媽打也無所謂！」

「今天走運的是那位老奶奶比妳先下車，如果只剩那位媽媽和老奶奶，事情會變成什麼樣？說不定會演變成更糟糕的事態，到時妳能負責嗎？」

眞琴被堵得說不出話，父親繼續說了下去。

「那位媽媽說不定會對老奶奶懷恨在心，尾隨在後，對她家搞破壞，或是把老奶奶推下階梯，搞不好她還會去附近散布老奶奶的謠言。」

「……哪有人會因爲那樣就做出這種事情。」

「妳要怎麼保證不會發生這種事？」

父親低頭看著眞琴，表情凝重。

「……就因爲這樣，即使是正確的事情也不能說嗎？」

「視時間與場合而定，不是每件事都適合說出口……公車來了，用跑的。」

父親踩著老舊的皮鞋邁開腳步奔跑，眞琴咬唇瞪著他的背影。

……難道不是單純你不想當壞人而已嗎？

所以就算姊姊被人那樣惡意對待，你也一聲不吭，不是嗎？

在兩人不發一語的沉默之中，公車抵達了離家最近的公車站。終於從充滿可樂餅香氣的車內解脫後，眞琴小小地吸了一口氣。回家讓她緊張。

……眞琴害怕與姊姊惠美見面。

住宅區盡頭的小巧公園旁就是眞琴的家。眞琴和父親的背影稍微保持距離，走在身後的時候。各戶人家的晚餐香味隨風飄來。這戶人家今晚吃咖哩，這戶人家吃的一定是馬鈴薯燉肉……和惠美在回家路上一起猜別人家晚餐的回憶，突然襲上眞琴心頭。

「我回來了，我買了可樂餅喔。」

眞琴無意識地看著父親脫鞋時，母親對眞琴微笑說道「歡迎回家，妳應該累了吧」。

「我餓了，飯好了嗎？」

眞琴裝出平常心的樣子，刻意用粗魯的口氣出聲講話。走進餐廳一看，桌上已經擺好飯菜，但不見惠美的身影。

「姊姊呢？」

「她在房間睡覺。我想她也差不多該起來了，能幫我叫她嗎？」

母親毫無異狀地把味噌湯端到餐桌上。

「最近都是這個樣子嗎？」

面對眞琴的發問，母親遲遲不肯迎向眞琴的視線。

「有時候就是會這樣吧。她昨天好像因爲太熱，所以睡不太著。她需要休息，就讓她這麼做吧。光是她能夠吃飯，就已經謝天謝地了。」

「我去房間放行李。」

眞琴明明打算普通看待，卻還是忍不住插了嘴。走上樓梯後，眞琴在讀書房間前停下腳步。平常心，她這麼告訴自己，然後打開房門。一走進她和姊姊的共同房間，就傳來一陣甜膩的香氣。映入眞琴眼簾的是散落在書桌上的巧克力。

「姊姊，我回來囉。晚餐已經煮好了。」

眞琴的聲音讓惠美的身體一震，驚嚇般地彈跳起來。

「啊……小眞，歡迎回家。」

「我回來了。總之飯好了……我先下去了。」

爲了掩飾聽起來比預想中還要冷淡的聲音，眞琴步出房間。與自己春天離家的時候相比，姊姊顯得胖了不少。眞琴不忍注視姊姊如今變成的模樣。

一開始是厭食。姊姊表示不管吃什麼都沒有味道，整天都像死去一般陷入沉睡。過了一個月後，她的食量變得大得驚人。她開始半夜起床，早上睡覺，過著日夜顚倒的生活，清醒的時候總是在吃東西。母親說姊姊是爲了維持體力，不過眞琴注意到姊姊會在廁所內嘔吐。

對眞琴而言，姊姊是完美無缺的。

看到自己做不到的事情，姊姊卻能輕而易舉地辦到，彷彿就像戲法或魔術一般，讓眞琴心中懷抱著明確的尊敬之情。

眞琴特別喜歡看惠美畫圖。

姊姊讀小學三年級，而眞琴才剛就讀小學一年級。由於兩人都到了能夠看家的年齡，母親便開始出外工作。直到母親晚上六點回來前，眞琴都是和姊姊一起拿起色鉛筆，攤開圖畫紙，度過這幾個小時。

不論是魔法少女動畫的圖，或是動物的角色人物，只要眞琴開口央求，姊姊都會畫給她。姊姊筆下勾勒出與原版分毫不差的線條時，為了不錯過任何一瞬，眞琴從桌子上探出身體，繃起身體緊緊盯著。「被這麼盯著很害羞。」姊姊總是笑著這麼說。

後來眞琴萌生想畫得像姊姊一樣好的想法。她參考姊姊的畫，畫了無數張圖。母親看到她畫完圖後，到處都是散落的圖畫紙的房間，苦笑著說要是眞琴讀書也這麼認眞就好。

眞琴總是圍著姊姊轉。

上國中之後，她就加入姊姊參加的美術社團，一直追著姊姊的背影。她深信自己和姊姊會一直在一起。

「我想去考星華的美術專科，小眞，妳覺得怎麼樣？」

姊姊是在兩人的房間內，偷偷表明自己的想法。當時是星期日晚上，眞琴鑽進姊姊的床上，正在讀跟朋友借的漫畫。惠美個性溫柔，不會叫眞琴快點回自己的床上。因為姊姊平日開始去補習班，所以眞琴沒什麼機會和姊姊聊天。為了彌補缺少的時間，兩人養成在假日晚上的時候，躺在同張床上，互相報告近況或閒聊的習慣。

「咦……妳不是說要上南高嗎？妳說因為那裡是離家最近的公立高中。」

眞琴抬頭看向剛洗完澡，臉頰染著幾分紅暈的姊姊。儘管是在詢問眞琴意見，不過從惠美坐在床邊，低頭看著妹妹的模樣，看起來已經下定決心。

「嗯，我覺得那是最好的選擇，但是我其實一直都很想去讀星華，心中總覺得放不下……我同班裡面有人要考星華的普通科，我在想要不要和她一起參加體驗入學。小眞，妳覺得呢？」

看著煩惱似地垂下眉毛的惠美，眞琴明白了姊姊其實是在向自己尋求同意。惠美正在煩惱，是否應該把從小到大形影不離的妹妹拋在家裡。星華是全校宿舍制，一旦考上，兩人就要分開三年。

「……姊姊，妳無論如何都想去，對吧？」

惠美的表情凝固了一瞬間，但隨即收緊下巴，點了點頭。內斂的點頭動作，讓眞琴不禁心想眞像姊姊的風格。

「那姊姊就去考吧，姊姊的話一定考得上。相對的……」

接下來出口的話完全是臨時掠過眞琴腦中的想法，不過卻是絕佳完美的主意。

「我也要讀星華，到時候我們就能一起住宿舍，一定會很好玩的。」

這種決定志願高中的方式太過隨便，讓惠美不禁笑了出來。

「小眞實在是很率直呢，眞羨慕。」

「咦——什麼意思——妳是說我是腦袋單純的傻瓜嗎？」

突然被姊姊誇獎，難爲情的眞琴裝出生悶氣的模樣鼓起臉頰。姊姊連忙否認，試著辯解的樣子，讓眞琴心中滿是按捺不住的開心。

姊姊一如宣言，考上了星華高中。

姊姊要搬去宿舍的前一晚，眞琴雖然感到寂寞萬分，但想到自己還有兩年後要追上姊姊的目標，就能夠繼續向前邁進。升上國中三年級的時候，眞琴獲得學校推薦，爲了一個月後的考試，每天練習素描。

……得知姊姊壞掉，正是在這樣的炎熱夏日。

從合宿集訓的住宿處接到電話時，時鐘的指針剛過晚上十點。儘管深夜來電有點可疑，母親仍舊接起電話。眞琴剛洗完澡，正咬著冰棒看電視，絲毫不在意誰打來電話。

「咦，惠美她？」

母親聲音中的焦急情緒，讓眞琴嚇了一跳，轉頭看向母親。父親也從沙發站起身，詢問母親「怎麼了？」。

「不好意思，請稍等一下……惠美身體不太舒服，所以希望我們能到宿舍去接她。保健室的老師說，惠美表示自己沒辦法再繼續參加合宿集訓。」

父親從母親手中接過電話，應了幾聲後寫下紙條，放回話筒。「我去接惠美，回來的時候大概是半夜兩點左右了，妳們先睡吧。」

父親在身上的休閒服上套上POLO衫和卡其褲，拿起車鑰匙走向玄關。

「姊姊怎麼了？我也能跟去嗎？我去換個衣服！」

眞琴也連忙站起來，不過父親卻用未曾見過的險峻表情拒絕了。

「不用，在家等就好！」

他甩下這句，走出大門。

「……爸爸怎麼了？姊姊的狀況眞的那麼差嗎？」

眞琴回頭詢問臉色蒼白，呆呆站在原地的母親。

「沒事的，妳也別操心，早點去睡。」

「但是搞到要回來的話，應該有點嚴重吧？啊，有感冒藥嗎？要我去買回來嗎？」

「沒事，家裡有，妳快點去睡吧。」

母親只是一再這麼說，不肯告訴眞琴詳情。

眞琴彷彿被關進房間似地被母親帶到自己位於二樓的房間，在強制下上床睡覺。只亮著夜燈的房間中，眞琴的眼睛像是剛起床一樣清醒明亮。她將剛洗好的毯子捲在身上，面朝惠美的床鋪。暑假開始的這兩週期間，姊姊曾經在合宿集訓前回家一次。她雖然看起來沒什麼精神，但並不像感冒。姊姊當時還自嘲地笑說可能是中暑，不過除此之外，她看起來並無異狀。姊姊向來不太會說「做不到」，這次竟然開口要求家人到單程兩小時的地方接她，可見不是等閒小事。到底發生了什麼事呢？生病？或是受傷？

眞琴無論如何都睡不著，只好坐在窗邊，心不在焉地數起往來車輛。父親的廂型車出現在視野之中，已經是父親出門四小時之後。一見到兩道人影從車上下來，走進家中，眞琴就奔下樓梯。

「姊姊，還好嗎？有發燒嗎？」

一直沒睡留在客廳的母親，在玄關一邊從姊姊手中接過行李，一邊打斷眞琴的詢問：

「姊姊累了，先讓她休息。」

彷彿全世界的幸福都從姊姊的臉上凋零落去，她的表情看起來像是目睹什麼恐怖的東西，或是在寒冬中被當頭潑了冰水。

母親抱著姊姊的肩頭，宛如對待需要人陪同到保健室的年幼小孩，一路帶她到床上。惠美用細微的聲音，不停說著「對不起、對不起、對不起」。躺到床上，蓋上毯子之後，她馬上像昏倒一樣陷入沉睡。姊姊一次也不曾和眞琴對上視線。

眞琴被母親叮囑，不能追問任何事情，除非姊姊主動開口，因此眞琴此刻除了睡覺之外，也無事可做。不過一看到背對自己而睡的姊姊，心臟就像要因爲擔心及不安而跳出來。連酣睡的鼻息都聽不到的房間中，眞琴覺得早晨彷彿一輩子都不會到來。

眞琴睜開雙眼，發現不知自己何時睡著，抑或只是在短暫得連有沒有睡著都曖昧不明的時間閉上了雙眼。她看向枕邊的時鐘，時間才過凌晨四點。坐立難安的她溜下床，下樓前往廚房，想要解決喉嚨的乾渴。

結果眞琴以爲沒人的客廳竟然亮著燈，眞琴情不自禁停下腳步。父母的談話聲和燈光一起從門縫流洩而出。裡面感覺不是眞琴能隨便闖進去的氣氛，因此她避免被發現地偷偷豎起耳朵。

「……果然還是先回家一趟比較好。老師也是這麼建議。」

「我也是這麼想。你有看到那孩子回家時的表情嗎？她受驚害怕成那個樣子……我實在不忍心看下去。她寫信來的時候，我們就應該把她帶回來才對。」

「現在講這些話也沒用了，當時我們也是認爲那麼做才是最好的。先休學一年怎麼樣？等惠美穩定下來，我們再跟她談談看好了。」

「休學是怎麼一回事？信又是什麼信！」

眞琴反射性地大喊出聲，走到兩人面前。「妳怎麼還醒著？」面對語帶非難的父親，眞琴追問下去。

「姊姊到底是哪裡不舒服？發生了什麼事？爲什麼不肯告訴我？信又是指什麼？」

放在桌上的一疊信封映入眼簾，上面的文字是惠美的筆跡。母親察覺眞琴視線的方向，試圖把信藏起來，但眞琴的動作比較快。她抓了一把信，迅速從中抽出信紙。

「眞琴！把信還來！」

眞琴甩開想要制止她，拿走信紙的父親，以背作爲掩護，讀起信上的文字。

我被老師說沒有才能。

老師一站在我背後，我的手就抖得無法畫畫。

只要想到接下來又會因爲什麼原因被罵，身體就無法動彈。

但是手停下不動，又會被罵爲什麼不動筆畫畫；然而畫了又會被罵爲什麼只能畫出這種東西。不管做什麼都會被罵。

進美術專科是個天大的錯誤。

和大家一起貼出自己的素描作品，感覺就像站在死刑台上。

我的素描沒有評判的價值，老師連提也不想提。

不會畫圖的人，在這裡是不被需要的。

我想快點消失。

「……這是什麼？」

信紙上的字句宛如尖叫。打開其他信封，信上寫的內容也都在述說學校生活有多辛苦，主要是美術老師的批評詆毀。

這疊信紙就是惠美發出的ＳＯＳ訊息。

「這些信是什麼時候寄到的？姊姊一直被老師欺負嗎？明知這樣，你們至今一直默不作聲？」

「好了，妳先冷靜下來。」

父親抓住眞琴的肩膀，硬是讓她坐在沙發上。

「今天春天的時候，我們第一次收到這樣的信。我們大吃一驚，向老師聯絡。老師告訴我們，升上二年級之後，會進行能力分班，惠美大概是因爲這樣而受到打擊。老師也對我們說明，爲了激起大家的競爭心，難免會使用一些過激的言詞。把大家的素描作品依優劣排在一起，也是爲了讓大家在準備考大學時，能夠更清楚自己的能力高低與弱點，而不得不採取的方法。」

「但是這麼做絕對只會起反效果吧！姊姊就被嚇成這樣，連圖都畫不出來了！」

「我知道，所以才說要讓她休學。」

「爲什麼是姊姊要休學？應該是那個欺負姊姊的老師要辭職才對吧？爸爸你要好好念老師啊！」

「好了，小孩子給我閉嘴！」

父親第一次拉高聲音大吼，母親不知所措地看著兩人的臉色。

「……這麼做絕對有問題，大人是錯的。」

眞琴奔上樓梯鑽進被窩。儘管剛才吵得那麼大聲，姊姊仍像死了一樣沉眠不醒。

眞琴感到身體內部彷彿要因爲怒氣而爆炸。不論是傲慢的老師，或是意圖向權力屈服的父親，以及隱瞞姊姊來信至今，每天掛著笑容的母親，都讓眞琴怒不可遏。

自己明明也是家族一員，卻被一直隱瞞到現在，還因爲「只是小孩」這個理由，連發表意見都不行。

……小孩不是當事人，就不會被當一回事。

既然如此，我就變成當事人。

在翻騰的怒火之中，眞琴做出決定。

她要考進星華的美術專科，成爲欺負姊姊的老師底下的學生之一。接下來，眞琴要反抗那名老師，就算會因此被老師盯上也無所謂。不，這樣反而還比較方便。如果遇到老師不合理的刁難，眞琴就可以用這一點申訴他。

只要變成被他欺負的學生，成爲「當事人」，就能大聲疾呼，得到要求對方謝罪的權利與機會。

這樣應該也能成爲要求他對姊姊謝罪的契機。

父親要當軟腳蝦的話，就由自己來做。

自己要爲姊姊復仇，眞琴在那一晚如此決定。

一個月後，眞琴成功透過學校推薦得到錄取，成爲星華美術專科的學生。母親一直擔心，問眞琴是否眞的要讀星華。想來是怕眞琴也步入姊姊的後塵。不過眞琴堅持自己就是要讀星華，一步不肯退讓。

❀

「如果身體不舒服，要隨時聯絡喔。」

眞琴在玄關穿鞋的時候，從頭上傳來母親的聲音。

「我又沒感冒，不會有事的。姊姊呢？還在睡嗎？」

「好像是，她昨天似乎也是很晚才睡。」

眞琴回家的兩週期間，沒怎麼和姊姊碰到面，因爲兩人生活作息完全相反。姊姊到晚餐時間才起床，接下來整晚熬夜看電視、讀漫畫，等到大家都起床的時候，才上床睡覺。

「那我出門了。」

眞琴揹著紅色的旅行袋站起身。儘管畫材都留在宿舍，不過不知道是不是因爲裡面裝滿三天份的換洗衣物，旅行袋顯得有些沉重。

「一路順風，不要勉強喔。」

將母親彷彿緊抓自己不放的話語甩在身後，眞琴走出門外。天色仍有些昏暗。小口深呼吸，溫暖的空氣就流進肺部。

搭上第一班電車，大約一小時就能抵達鄰近學校的車站。眞琴估計自己應該能在集合時間的三十分鐘前到達。大家要包遊覽車前往合宿集訓的繪布山。

眞琴用車站剪票口前的公共電話，打電話給立花日向子。她是同爲美術專科一年級生的朋友，她家位於眞琴家與學校的中間位置。

「……喂，我是立花。」

接起電話的立花聲音微弱，缺乏自信。眞琴故作冷靜地回應。

「喂，日向子？我待會會搭上第一班電車，妳來得及嗎？」

提議搭同一班電車去學校的是眞琴，電車會在恰好三十分鐘後，抵達日向子家附近的車站。

「……嗯，沒問題，我已經準備好了。」

「好，那待會見。我會在第一節車廂，我就先幫妳占位子囉。」

不好意思，電話另一頭這麼說完後就掛斷了。總而言之還算好，眞琴嘆氣走進剪票口。電車沒過多久便駛進月台，眞琴和其他幾名上班族，一起鑽進車廂之中。

和其他乘客一起上車的日向子，臉色蒼白至極。唯有兩條三股辮仍一如往常地紮得整整齊齊，彷彿體現出她認眞的個性。

「日向子，這邊。把妳的包給我，我幫妳放到上面。」

車內已經滿是星華美術專科的學生。學校事先發下的行前須知中，特地提到要將行李放到上方的行李架上，以免造成其他乘客的困擾，所以大家都乖乖照辦。從剛才就看到身高比較矮的學生拜託其他人幫忙的樣子。

「……對不起，老是麻煩妳。」

日向子一臉抱歉地遞出包包，接下的瞬間，眞琴的手頓時因爲預料之外的重量而往下一沉。她連忙施力，以免包包被自己摔到地上。

「裡面該不會還裝了畫材？」

日向子再次道歉：「對不起，很重吧。」

「還好，沒事啦。不過因爲學校說可以把畫材留在宿舍，我只是在想妳是沒把畫材留下來嗎。畢竟我這個人就是懶，一聽到可以不用帶畫材，馬上就決定留下畫材回家。」

眞琴示意日向子坐進對面式座位的靠窗位子，眞琴自己也緊跟著在她旁邊坐下。

「……因爲我就算待在家裡，也靜不下心，所以就在附近的公園畫樹的素描，或嘗試用油畫顏料作畫。這是我第一次要在這麼大的畫布作畫，擔心畫不好，所以……」

一串沒品的笑聲響起，眞琴反射性地回頭看。只見同班的女生正一邊吃零食，一邊用高亢的聲量嚷嚷著笑死人了。

去死一死吧，沒說出口的低語只迴盪在眞琴體內。

「……好痛。」

隨嘆息吐出的低語，讓眞琴赫然回神。日向子兩手捂著胃部一帶，身體前傾彎曲。

「還好嗎？是胃在痛？」

日向子輕輕點頭。

「……我已經吃過藥，想說應該沒事。」

「沒關係，別說話。再過十分鐘就會到站了。」

抱歉，日向子再次道歉。今日已不知是第幾次的「抱歉」。

男人。

❀

「石橋老師。」

這個名字一而再，再而三地出現在姊姊的信中。

口吐難以想像是爲人師者會說的惡劣言語，對姊姊施加壓力，徹底粉碎她的自尊心的

讓眞琴特別印象深刻的是「光是對上就會讓人結凍的視線」這句話。不論任何時間、任何地點，在做任何事情，姊姊都能瞬間感受到他的視線。每當回頭，就會與他四目相交，同時殘留在姊姊心中的幾分自信，也會陡然消失殆盡。

在進星華的第一堂美術課上遇到的時候，光看第一眼，眞琴就知道是他。

擔任美術專科課程的老師有五人，其中有三人是男性。在他們站在教室前方，開始自我介紹之前，眞琴就已經明瞭自己的敵人是誰。

姊姊用「蛇」來比喻，但是眞琴的想法不同。

……他是狐狸。

會乖乖聽自己話的學生、態度叛逆的學生、可以利用的學生、個性安分的學生……他

彷彿在論斤趁兩，用黏膩的視線一一打量學生。

「推薦入學的傢伙，請上前把春假的作業貼在白板上。一般入學的傢伙，妳們要睜大眼睛好好看，明白自己和推薦組的能力到底相差多少。妳們可是連對手都還算不上喔。」

狐狸在自我介紹之前，就先用那把因爲抽菸而沙啞的嗓音，露骨地對學生挑釁。這一點也和姊姊信裡所寫的一樣：石橋會刻意讓通過推薦入學考試素描項目的學生，和透過一般入學考上的學生互相比較，讓彼此有競爭意識。在石橋執拗的不斷比較之下，推薦組和一般組之間的感情也逐漸惡化。

推薦組的學生站在白板前，手上拿著磁鐵來回徘徊。我畫得不好、好丟臉等，臉露羞笑容這麼說的她們，隱約帶著一份從容，似乎正樂在其中。就在她們還在猶豫該把作品貼在哪裡的時候，狐狸喝斥她們「只是貼個作品，快一點。」

看準聚在白板前的學生開始變少，眞琴也站到白板前，拿起放在講台上的磁鐵，將自己的作品貼在左側離窗最近的空位。

所有人都貼上自己的作品，回到座位上之後，狐狸站到白板前。全黑的西裝配上灰色襯衫，也不打領帶，這副打扮與其說是教師，看起來更像黑社會的流氓。

狐狸一句話也不說，一一審視每張作品。皮鞋的鞋跟敲打地板的聲音格外響亮，不知道是因爲天花板比其他教室高的緣故，還是因爲教室內不知何時變得鴉雀無聲。

狐狸用食指摩娑下巴的鬍子，臉上浮現隱約笑意。下一秒，他就緩緩拿起其中一張作品，重新貼到白板中央——正是眞琴的作品。

原本陷入緘默的教室頓時恢復聲音，大家都不知道發生了什麼事。不過眞琴心裡很清楚。這也和姊姊信中所寫的一模一樣。

看完所有作品，一聲不吭地花費時間重新排列作品，老師轉向前方，右側嘴角微微上揚，眞琴這才發現原來那是在笑。

「好——我是從今天開始負責一年級的石橋。妳們學姊都叫我梅杜莎，知道爲什麼嗎？因爲我很少眨眼，講評的時候，大家都說一旦和我對上視線，就像要被殺掉了。」

台下揚起一片笑聲，石橋瞇起眼睛，露出滿意的模樣。

「妳們要是以爲這只是玩笑話，那就大錯特錯了。承受不了我講評的學生大有人在，奉勸妳們最好認眞以待。好了，作業繳交期限當天，每次都會像這樣講評。我剛才重新排列了作品的順序，有人知道這順序代表什麼意思嗎？」

學生們面面相覷。眞琴絲毫不曾移開視線，緊緊地盯著石橋。

「貼在白板正中央這張作品是誰畫的？請舉起手。」

眞琴筆直舉起手。看到她舉手的石橋詢問她的姓名。

「我叫星野眞琴。」

「星野，這次在自畫像這個題目上，妳表現得最好。簡直可說是鶴立雞群，將來值得期待……像這個樣子，我會依表現優秀的程度，重新排列作品。接下來每次都會像這樣進行講評。從中央開始，愈往左右上下排，就代表作品表現得愈差。排在最下面的傢伙，就給我好好記住，自己現在所在的位置在哪裡。離中央比較近的人也別安心得太早，妳馬上就會被超過。這次的題目是自畫像，所以就算妳們還不知道彼此的名字，也應該能馬上知道誰比較優秀，誰是吊車尾吧。感到羞恥的話，就好好努力吧。」

〈白板是頒獎台也是死刑台。對我而言，白板永遠是死刑台。〉

眼前的一切，讓眞琴想起姊姊信中的一行字。和姊姊說的完全一樣，這麼想的眞琴咬緊嘴唇。

面無表情的黑白自畫像排列在白板上的光景，就像是被處以絞刑的自己。台下的嘈雜聲變得更加響亮。

「妳們在這三年間，別以爲能開開心心畫圖。一切都是爲了考上大學的準備練習。要隨心所欲地畫畫，等妳們上大學之後，想怎麼畫就怎麼畫，總之先把基礎給我練起來。美術專科連我在內，一共有五名老師。從老師那裡得到的建議，看妳是要做筆記還是寫日記，都給我一字不漏地自主積極吸收。今天大家應該也有帶筆記本吧？」

石橋擅自拿起最前排的學生的筆記本，隨手翻了幾頁，然後嘴角一歪地笑了。

「我說這是啥，漫畫嗎？妳該不會想說妳想成爲漫畫家那種低水準的東西吧？」

筆記本被老師拿走，綁著辮子的學生屏住呼吸，搜索枯腸想要找出答覆。相反地，眞琴則是滿腹話語，彷彿隨時都要脫口而出。她閉上雙眼，用鼻子深呼吸，然而衝動依舊難以遏止。

「才剛開學，別這麼快就讓人失望啊……星野，怎麼了？」

舉手的眞琴從座位上起立。

「我有疑問。」

「哦，這麼積極，很不錯嘛。什麼問題？」

「老師剛才說漫畫家的水準低，那麼漫畫家和高中老師，哪一個才是水準比較高的職業呢？」

石橋的臉頰一陣抽搐，綁辮子的學生也吃驚回頭，瞪大眼。她的眼中漾著一層水霧。

「妳在說什麼東西。」

「說起來，水準又是用什麼來衡量的呢？年收嗎？例如在《夢夢周刊》上連載的〈犯罪獵人〉，累計發行量超過兩億，高中老師的薪水會比版稅還多嗎？如果高中老師的收入比較少，那水準是不是比漫畫家還低呢？還是說水準是以支持者的多寡或知名度爲基準呢？如果方便，能請老師告訴我，老師開個展時，單日的來客數是多少呢？我想一定比兩億人的漫畫讀者還多。您總不會把職業水準比自己高的人，說成水準低，所以老師想必賺很多錢，支持者也爲數眾多吧？」

眞琴連珠炮地說完這番話，以免遭到妨礙，石橋的臉脹得通紅，絲毫沒半分剛才說話時那副從容到令人不爽的樣子。

「星野，我好好記住妳的名字了。敢這樣對我說話，想來妳應該能畫出很了不起的畫吧，我滿心期待喔。」

石橋又彷彿想起什麼似地，歪起嘴角笑了。石橋還笑得出來。讓眞琴深感不快。她想讓他更痛苦，讓他連話都說不出來，把他推落深淵。

「星野同學！妳剛才講那些話，沒問題嗎？」

一出美術教室，眞琴就被剛才綁辮子的同班同學叫住。她就是日向子。

「沒問題是指什麼？」

「妳剛剛對石橋老師說了那些話……妳看，老師不也說，他都被人稱爲梅杜莎嗎？」

「哦，我無所謂啊，反正又不是會被殺掉。」

日向子的身高比眞琴矮半個頭，讓眞琴一瞬間覺得她和姊姊很像。眞琴比惠美高將近十公分，因此不知道的人看到她們，有時會把眞琴誤認爲姊姊。

臉色蒼白但仍爲眞琴擔憂的日向子，佩服似地點頭。

「星野同學眞是堅強。」

進星華之後，和眞琴感情比較好的，就只有日向子一人。眞琴雖然會和其他人進行最低限度的交流，但並不會深入交往。爲了達成進入星華的「目的」，眞琴想排除一切多餘的東西，傾注手上所有的時間。

眞琴其實也沒特別想和日向子打好關係。像一般高中女生一樣的沒營養的聊天，或是一味追隨流行的行爲讓她覺得蠢得要命。如果日向子是這種人，眞琴只要像應付其他人一樣，做做表面功夫就好。

日向子很喜歡漫畫。

下課的時候，日向子讓眞琴看了課堂上被老師拿起的大學筆記本。裡面不是單純的塗鴉，而是用心作畫的漫畫。

「我從國中就開始投稿漫畫。雖然不是什麼大獎，但算得過名，只不過被評爲故事不錯，畫技有待加強，所以我才想從零開始學習素描，考進了美術專科。宿舍禁止攜帶漫畫這點，讓人有點難熬就是了。」

平素文靜的她，一談到漫畫就會稍微拉高聲量。白皙的臉頰染上粉色，讓眞琴甚至覺得有些可愛。她的入學動機太過耀眼，讓眞琴發誓一定要隱瞞自己見不得人的動機。

「眞有趣，不是戀愛漫畫，而是運動漫畫這一點實在很少見，明明是女生。」

「因爲我還不太懂戀愛……我哥哥有在打棒球，我是從他口中聽到各種故事，畫了下來。不過我也想像小眞一樣，擁有畫畫的才能。竟然能被石橋老師選爲第一名，眞的好厲害喔。他可是以非常嚴格而聞名。」

聽到敵人的名字，眞琴眼皮一跳。她爲了不被日向子察覺而打哈哈帶過，遞還筆記本。

「也沒多厲害啦，只是偶然而已啦。」

其實這全是眞琴努力的結果，她實在不想被才能這個詞輕鬆帶過。自從姊姊把自己關在家裡以來，眞琴把時間都投注在繪圖上，一切都是爲了替姊姊復仇。

絕不想被石橋小看，眞琴立志要畫出無懈可擊的畫，才能對不合理的事情加以抗議。

「你的所作所爲，不是教育，只不過是霸凌而已。」

不過眞琴無論如何都不想被日向子知道。

有人會因爲石橋的怒罵和侮辱，而產生幹勁；也有人會因此畏縮僵硬。

前者是眞琴，後者便是日向子。

眞琴絕對不是相信石橋的話，或是對他抱持好感，純粹只是「絕對不想輸給你」的反抗精神產生的作用。更何況眞琴就讀美術專科的理由，本來就是「對石橋的復仇」，一旦被石橋指摘出作品的缺陷，就會格外不甘心，讓她更加努力，決心下次作畫絕對不會再給同樣的可乘之機。

等到自己畫得比任何人都好——畫出讓石橋瞠目結舌的畫作時——眞琴就要要求石橋向姊姊謝罪。一想到這裡，眞琴就沒時間消沉沮喪，反而還樂在其中。

相比之下，日向子對石橋的評語太過認眞。

每次課堂上，被石橋數落「人體有問題」、「沒好好看主題」、「速度太慢了」，日向子就會全身一震，手跟著停下來，於是接下來又會被罵「手爲什麼停下來了」。過了兩個月，日向子變成在走廊上與石橋相遇時，就會憋住呼吸，連招呼都說不出口，結果又被罵「給我好好打招呼」，完全陷入惡性循環。

「石橋說的話不用一一當眞啦。反正美術老師就是當不上藝術家的失敗者而已。」

回宿舍的路上，眞琴好幾次對日向子灌輸這樣的想法。

「沒這回事，石橋老師說得沒錯！」

日向子最要不得的就是她完全相信石橋每一個字。連同自己的心情、至今爲止的經驗，以及她的父母和友人，全都被忘諸腦後，彷彿把狐狸奉爲神明。如果她能因此得到慰藉，那也就算了。但她將狐狸對她作品的批評，全都當成對自己人格的否定。

在日向子心中，她自身的價值變得愈來愈低。

不可思議地，當日向子開始輕視自己，旁人也會跟著採取同樣的態度。

通常有新的作業題目時，會用抽籤來決定作畫的座位分配。圍著石膏像和主題素描時，會由老師事先準備好符合人數的畫架，擺在決定好的作畫地點。老是挑光影比例好的地方作畫的話，考試時要是抽到不利的地點，就會缺乏應對的能力，石橋如此解釋，而且用抽籤決定也很公平。

當天發表的新作業題目，是阿里阿德涅石膏像的木炭素描。逆光的地方剛好會畫到石膏像的正側面，整體光線太暗，難以表現出空間感。讓人變得只顧著畫鬈髮的細節，而忽略整體造型，很容易畫壞。

眞琴一邊祈禱能抽中適合作畫的地點，一邊從石橋手中的罐子抽出寫著號碼的竹筷。

「哦，運氣不錯嘛，星野。」

五號。

光影平衡，適合畫脖子到胸口一帶空間的地點。眞琴無視石橋的話，拿起畫材，朝貼著五號號碼牌的畫架移動。

眞琴注意到走在前方的日向子也拿著寫著四號的竹筷，她才想出聲打招呼，說這次我們兩人運氣都不錯，結果就看到日向子被幾名女生搭話，交換了手中的竹筷，讓她錯失了說話的時機。看到同班同學在原本屬於日向子的位置上開始準備，眞琴瞬間怒火攻心。

「我說妳，別搶別人的位置好嗎。」

「咦，我沒有搶啊，我是好好拜託立花同學，請她和我交換。對吧，立花同學？」

「……嗯。」

對方刻意歪頭詢問日向子，眞琴頓時湧起一股衝動，想要扯著她的頭髮，把她從椅子上拽下來。眞琴好不容易壓下這股衝動，繼續說道。

「總之這是抽籤決定好的，快點回去妳原本的位置。這麼做也太卑鄙了。」

「咦——石橋老師可是說過，私下商量好的話，交換位置也沒問題喔？我之前也是抽到逆光的位置，有夠慘的。是說立花同學不管在哪邊畫都畫不好，應該沒差吧？」

她的語音方落，竊笑聲就如同漣漪般擴散開來。眞琴剛才按捺下的衝動再次湧起。

「妳這傢伙，少開玩笑了。」

眞琴抓住對方的上臂，正打算把她從椅子上拉下來。

「小眞，住手！」

日向子宛如慘叫的聲音，讓眞琴的手停了下來。「別動手動腳的，不過是仗著石橋老師比較中意妳——」同學丟下這句話，就回頭面對畫架。

「爲什麼，日向子？難道妳不會不甘心嗎？」

眞琴來到位於走廊，貼著十號號碼牌的畫架的位置。她詢問坐在畫架前的日向子。日向子只是低著頭。

「畢竟她說的全都是眞的，我在最好的地方作畫，也沒辦法畫得好。既然這樣，讓給飯島同學還比較好。」

面對斬釘截鐵這麼說的日向子，眞琴不知道該說什麼。

✿

美術專科的暑期合宿集訓，目的是在四天三夜的期間，使用F30這種大尺寸畫布繪製油畫。對一年級學生而言，這是第一次畫這麼大的作品。

第一天抵達之後，馬上就吃午餐。用餐完畢就各自到林中，決定位置，著手繪製。在草稿花太多時間的話，最後可能會畫不完喔，老師如此來回叮嚀。眞琴和日向子轉身背對老師，走向盡可能離宿舍遠一點的場所。眞琴想選老師們比較難巡邏，學生也不容易聚集的地方，這樣日向子應該也能比較安心作畫。

附近就有休息區和取水區的地方會比較受學生歡迎。如此一來，眞琴自然而然變成以不方便的地點爲目標，不過這麼做似乎因禍得福。頭上茂盛的枝枒爲兩人溫柔遮去傾注的日光；視線往下的話，則有小溪從林間潺潺流過。對於描繪山中明亮沁涼的空氣，可說是再適合也不過的地點。

一開始，眞琴還擔心日向子的情形，但等到她用木炭勾勒完草稿，迅速拿出油畫顏料的時候，眞琴已經滿心都是如何描繪眼前風景的想法。每次都是這樣，開始畫圖之前，眞琴還滿腦子想著石橋，思考該怎麼給他教訓，不過一旦面對畫布或主題，眞琴的意識便會轉向作畫。不知何時，狐狸就像不存在於世上一樣，被眞琴徹底忘諸腦後。

因此一直到了差不多多該收拾的時間，眞琴才看到日向子的畫布並大吃一驚……即使一天快過完了，日向子的畫布依舊是一片空白。

「啊，抱歉，美佳先回去了，能讓我先用嗎？」

各個學年使用大浴場的時間都是規定好的，最後使用的是一年級生。由於入浴後就是晚餐時間，必須在時限內梳洗完畢才行。眞琴和日向子也急急忙忙地洗完澡，然而梳妝台前卡滿等著用吹風機的人，兩人只好排隊等待。好不容易輪到日向子，結果她才伸出手，後面的學生就插隊進來，不等答覆就擅自用起吹風機。日向子也不抗議，只是默默地站在她身後等待。

❀

「日向子，來這邊，我幫妳吹乾。」

排隊拿到吹風機的眞琴招手，示意日向子過來。她已經知道日向子不喜歡在眾人面前和人理論。日向子也就這樣乖乖來到眞琴身旁，讓眞琴替她吹頭髮。

「……小眞，妳自己不用先吹乾嗎？」

「我的頭髮比妳短，所以沒問題。比起這個，不快一點，晚餐就要遲到了。」

點頭說嗯的日向子的脖子消瘦得令人心頭一驚。剛見面時，眞琴從教室後面看到的日向子還不是這個樣子。連向石橋問好都會讓她害怕之後，她就經常因爲胃痛去保健室。日向子也有去醫院檢查，結果是胃蠕動過慢。醫師叮囑她避免吃油膩或不好消化的食物，日向子對此笑著說「傷腦筋，我還蠻喜歡吃可樂餅或炸豬排。」即使是當時的日向子，感覺仍多少有點餘裕。最近的她則因為不論吃什麼都味同嚼蠟，常常剩下飯菜。真琴非常清楚這樣下去不行……這樣下去，日向子就會像姊姊那樣。

「抱歉，我去一下廁所。小真，妳先去食堂吧！」

兩人回房放行李的時候，日向子又開始胃痛。

「啊——那我會在大廳，到時候來找我。我想給家裡打個電話。」

「但是這樣晚餐會遲到吧？」

「就算遲到也沒關係啦，好嗎？」

留下好不容易同意的日向子，真琴走出房間。她手中一邊把玩著小小的零錢包，一邊走向大廳，發現幾名一年級的女生，聚集在僅有一台的公共電話前。

「啊，星野同學也要打電話嗎？妳要先打嗎？」

連名字也記不得的同班同學出聲討好般地詢問，一副兩人是好朋友的樣子。只要不和日向子在一起，不少人都會對真琴擺出討好的臉色。

不論小學還國中，都有一種類似種姓制度的規則。頭腦好的人、擅長運動的人、搞笑的人、文靜的人、肥胖的人……基準各式不一。自己的位置在哪裡，在教室能用多大的聲量說話，該用什麼風格大笑，這些都得遵循大家默認的潛規矩，連眞琴都會稍微配合。

不過在美術專科，基準只有一個。

那就是講評時，石橋排列作品的順序。

簡單來說，就是依照受到石橋認可的順序，來決定對方是在自己之上還是自己之下。大家嘴巴上不說，卻是默認的規矩。以理所當然的態度插隊、擺出高壓態度，在背地裡嘲笑他人，這樣的態度簡直就和石橋沒兩樣。

作品總是被貼在正中央的眞琴，就算態度差一點，也會被視爲有個性。大家也會看她的臉色，想要討好她，試圖和她打好關係。老實說，簡直讓眞琴想吐。

「我等妳們用完就好。」

「是嗎？眞不好意思，謝謝……啊，不過星野同學該不會是要打電話給千尋學姊？」

「啊？」

眞琴不禁發出詫異的聲音。

「千尋學姊在休業式之前，不是因爲受傷回家嗎？大家都很擔心，所以想打電話給學姊慰問。星野同學，妳要不要打電話給千尋學姊看看？我們剛剛就是在吵誰要第一個撥號。妳跟學姊是『母親』跟『孩子』，應該曾經打電話給學姊家裡吧？」

「不，我沒打過。要是擔心的話，妳們就自己打，我不奉陪。」

「咦——拜託嘛。」女生們發出甜膩的懇求聲，眞琴則將她們的聲音甩在身後。走向日向子應該還在的廁所。光是聽到討厭的人的名字，就讓她的胃也跟著沉重了起來。

——大島千尋。

眞琴同樣在開學前就知道這個名字。這個名字多次出現在姊姊的信中。

她在學年中圖畫得最好，也很會讀書，在眾人之間很受歡迎。和自己完全不一樣，惠美在信中如此自卑地寫道。

例如要由全班決定事情的時候，身爲學級委員的千尋就會率先提出意見，營造讓其他人也能輕鬆發言的氣氛。不過這種時候，姊姊就是無法在眾人面前發表自己的意見。她從以前就是比較文靜的個性，進了星華之後，這個傾向似乎變得更強烈。「像我這種人的想法，根本派不上用場」只要一這麼想，中途就會變得不知道該說什麼。

這種時候，千尋一定會笑著這麼說。

「哎，別那麼僵硬嘛，又不是石膏像。」

她可能只是想開個小玩笑，不過眞琴能輕而易舉想像出，以當時姊姊的精神狀態，一定難以承受。帶頭的千尋一笑，周圍的人們也開始笑，對姊姊來說不知道有多痛苦。

即使如此，眞琴也並未因此對信中的千尋懷抱厭惡感，只是在腦中勾勒出個性爽朗，與姊姊個性截然相反的人。

知道千尋就是自己的「母親」時，眞琴確實對事情竟然這麼巧而感到吃驚，並猜想對方在看到「星野」這個少見的姓氏時，也許會聯想到去年自己休學的同班同學，進而注意到眞琴就是同學妹妹。然而自我介紹的時候，千尋的表情毫無變化。

姊姊的存在原來如此無足輕重，眞琴突然感到一陣空虛。沒人在意，沒人想起，姊姊原來就是像空氣一樣的存在嗎？

習慣宿舍生活的過程中，眞琴不斷告訴自己，也許千尋不太在意別人，所以才想不起來。然而這樣牽強的希望逐漸消散。她絕對不是那麼粗線條的類型。

眞琴總是趁午休的時候，在美術教室繼續完成作業。每次她都會在美術準備室看到千尋……她總是坐在石橋的座位旁邊，向他借攝影集、分享借的書感想、請他幫忙看還未完成的作業。知道千尋像這樣向石橋獻媚，成爲石橋的寵兒時，眞琴渾身起雞皮疙瘩，一陣作嘔。千尋是假裝成男人的女人。

眞琴頓時無法再繼續相信。對姊姊說的話，眞琴也覺得千尋爲了擊垮對手才說的。

總有一天，自己要剝下她的面具。正當眞琴這麼想的時候，有人在千尋的鞋子裡放了碎玻璃。儘管知道還有人知道她的眞面目，讓眞琴心情稍微舒暢了一點，然而——

「小眞，妳在等我嗎？妳不是要打電話嗎？」

看到在廁所前面等待的眞琴，日向子吃驚地睜圓雙眼。

「人太多了，想說晚點再打。肚子餓了，我們去食堂吧。」

眞琴牽起臉色蒼白的日向子，往前邁進。

❀

山間天氣多變化，眞琴自以爲很清楚這一點，卻還是對先前微陰的雲層掉以輕心了。感到雨點落在鼻尖的瞬間，暴雨傾盆而下。

「日向子！我們先找個地方躲雨吧！把東西收一收！」

眞琴大喊，日向子也點頭，慌忙收拾起自己的畫材。兩人抱著畫架和畫布，一路跑向遠處有屋頂的休息區。不知從何處傳來歡樂的笑鬧聲。先前眞琴太過專心，所以沒注意到，不過不遠處似乎也有其他人在作畫。眞琴原意是想選不太會被老師們看到的地方，不過實際上似乎並非如此。這三天幾乎都沒老師來巡邏，也許是運氣不錯。

正當眞琴坐在長椅，出神地注視著愈加激烈的雨勢時，穿著雨衣的學生出聲呼喚她們

「今天的行程都取消了，妳們知道嗎？」對方的臉對不上任何名字，也許是學姊。

「沒聽說——是要大家回宿舍嗎？」

「沒錯。好像有颱風靠近了，再等下去，風雨也只會更大而已，所以要大家都回宿

舍。今天沒辦法講評了，要大家把作品帶回去，改天在學校進行講評。」

總之小心回去，說完之後，對方就走下道路。

「她這麼說了，那我們也回去吧。東西妳拿得動嗎？」

「不好意思，我還好。」

眞琴從背包中取出雨衣披上，盡可能將東西打包得小一點，在雨中邁開步伐。再怎麼趕路也無法改變全身溼透的狀況，所以眞琴盡可能踩穩腳步，以免滑倒。回到宿舍的時候，全身都濕淋淋的，彷彿才剛淋浴過。

「先把畫材和畫布放到行李艙，回房間換衣服後等待後續指示！行程改變，吃完午餐，我們就回學校了！不然颱風一來，我們就會被困在這裡了！」

三年級的導師在大廳用擴音器大喊。眞琴前往停車場，跑向原本搭的遊覽車。

「這兩個也麻煩了。」

眞琴將自己及日向子的畫布遞給站在遊覽車前的石橋。風勢太過強勁，連睜開眼睛都很辛苦。石橋也瞇著眼睛，伸手接過畫布，但在看到畫布之後，他的視線滑向眞琴身後的日向子。

「聽到講評取消，妳應該鬆了一口氣吧？」

他說完笑了。日向子未完成的畫布在風中搖擺，在風聲中，眞琴仍然能聽見日向子微弱的呼吸聲變得凌亂。

「你給我適可而止！」

眞琴伸手拉扯，試圖搶下畫布，然而一陣狂風突然吹起。畫布打中石橋的額頭，讓他蹲了下來。畫布的木框染上鮮紅。「沒事嗎？」附近的司機跑過來，聽到聲音，其他的老師也跟著聚了過來。

「沒事，只是風颳了一下，被畫布打到而已。沒什麼大礙。」

石橋自己站起來，交代一句「我去醫務室請人家看一下」，就離開現場。

「妳們待在這邊也很危險，快點回宿舍去。換好衣服以後等通知，留意不要感冒。」

在其他老師的催促之下，眞琴和日向子也離開現場。

眞琴被自己做的事情嚇到，手還微微發抖。如果沒有那一陣狂風，自己會做出什麼事？自己是否會用舉高的畫布，狠狠地往石橋的額頭敲下去？

眼前就像套著濾鏡似地一片通紅。

「沒事的，這不是日向子的錯。」

眞琴思忖自己得說點什麼，於是牽起日向子的手低語，結果日向子的腳步應聲停下。

「……怎麼了？」

「我去一下廁所，妳先回去吧？」

「還好吧?我可以陪——」

話才說到一半，就被日向子打斷。

「沒事!我真的還好，妳先回去吧?」

被日向子一再叮嚀，眞琴只好點頭回道「我知道了」。只是回到房間，換好衣服之後，過了好一陣子，日向子才回來。回來的日向子眼睛紅腫，讓眞琴後悔自己剛才果然應該陪在她的身邊。

❀

石橋的傷似乎並不嚴重，他後來和大家一起搭上遊覽車返家。額頭上貼了大塊紗布的他被學生們取笑了一番。日向子之後一句話也不肯開口。眞琴也不知道該說些什麼。到了學校，日向子的母親就來接她，所以眞琴也沒機會詢問暑假結束後，她預計什麼時候回宿舍。兩人就這樣匆忙分別。

暑假還沒結束的兩週前，眞琴早早就回到宿舍。待在家裡，看到變了個樣的姊姊也只是讓自己痛苦，更重要的是，眞琴想早點見到日向子。

然而日向子沒有回來。

眞琴得知日向子休學的消息，是在始業式的一週前，她聽到舍監眞由里這麼告訴日向子的「母親」。

日向子和姊姊落入同樣的下場。

聽到消息的瞬間，眞琴只覺得一股熱血往腦門直衝，她從宿舍跑向學校。自己無論如何都要把話說出口。

炎熱的季節已經過去，山上已經在為下一個季節準備。從短袖露出來的上臂感到一股涼意。

石橋就待在傍晚的學校中，在美術準備室畫油畫。四周沒看到其他老師的身影。他畫的圖和個性相反，細膩纖細，畫中的世界彷彿充滿流動的光采。讓眞琴不禁心想簡直就是詐欺。

「怎麼了，星野？有什麼事嗎？」

根據千尋所說，其他老師幾乎不太活躍，只有石橋常常開辦個展。網頁上也有介紹他的作品。有時設計師朋友還會使用他的作品。

但那又怎麼樣？這絕對不是成為好老師的條件。

「老師，不過是會畫圖，難道就那麼了不起嗎？」

「怎麼突然講這個？」

「不會畫圖，就是沒用的人嗎？日向子很溫柔，說話會考慮到他人的心情。這一點與你相比，根本成熟太多了。」

「哦，是說立花休學的事情。」

石橋終於放下畫筆。看向眞琴的雙眼。這次不是狐狸，而是蛇一般的眼神，讓人無法別開視線。

「考慮別人的心情，就能考上美術大學嗎？個性溫柔，素描技術就會進步嗎？我有說錯過什麼嗎？告訴她哪邊畫得不好，如果改正不過來，那就到此爲止。我可沒辦法爲了討好人就給予誇獎，難道妳能嗎？」

蛇一般的眼神，讓眞琴被釘在當場。眞琴這才發現，心中有愧的話，與那副眼神對峙就會無法動彈。她不想承認自己心中的答案，但也找不到能讓對方啞口無語的話語，所以自己才會無話可說，心存畏怯。

「不管怎麼樣，如果會因爲這樣就堅持不下去，上了美術大學，也會馬上迷失自我。如果不是發自內心，想要自己努力是不行的，妳難道不也是這麼想的嗎？」

眞琴隱忍了很多想對日向子說，最後卻又吞回肚子里的話。

如果爲了畫技不如人而煩惱，爲什麼不比別人更努力一點呢？她明知到眞琴連午休都在練習，爲什麼自己不也一起這麼做呢？如果不想在石橋在場的地方畫畫，爲什麼不挑他不在的時段作畫呢？就連嘴巴上說喜歡的漫畫腳本，最近也沒什麼在畫了，不是嗎？不要把一切都推給才能。奮鬥之後還是不行的話，那也無可奈何，不過妳不是還沒奮鬥過嗎？沒說出這些話的理由，眞琴還沒有半點頭緒。是因爲不想傷害日向子，還是認爲被人說了才做是不行的，又或者還有其他理由。

眞琴想要認爲自己跟石橋是不同的人種。自己不是個性冷酷，能毫不在意與人切割的人——儘管如此，眞琴還是注意到自己的想法和石橋變得愈來愈像。

面對窩在家裡的姊姊，以及對自己的畫沒有自信，欣羨眞琴才能的日向子，眞琴多想質問她們：「爲什麼妳們不再認眞一點？」想問出口的衝動讓她煩悶無比，難以自己。

但與此矛盾地，眞琴對石橋的厭惡也增加了。應該還有別的講話方式吧？難道不能對學生採取個別的指導方法嗎？不管圖畫得再好，你是老師，沒比較高尙也沒比較低賤。你難道不懂失去寶貴東西的學生，究竟是什麼心情嗎？

「我啊，必須要保護美術專科。」

「……保護？」

與石橋不相襯的詞語，讓眞琴皺起眉頭。

「我要確保美術專科的學生能進美術大學。爲此，我會鍛鍊學生，讓她們擁有相應的實力。考取的大學愈有名，學校的評價也會往上升。這就是我所謂的保護。相反地，如果錄取率變低，那會怎麼樣？評價下滑，入學志願者減少，學生愈變愈少的話，美術專科說不定最後會被廢止。如此一來，想要認眞學習美術的學生就會減少一個可去之處，我想避免這樣的情形。」

「爲了這個目標，即使出現犧牲者，也在所不惜嗎？」

「……妳到底希望我做什麼呢？」

石橋半帶嘆氣地這麼說，眞琴不禁陷入沉默。要怎麼樣，自己才能滿足呢？就連眞琴自己也還沒有答案。

「別再想無聊的事情了，先想想自己吧。十二月就是畢業、休業展了。畫出能展現一年成果的作品吧，別滿足於這小小的世界。」

單方面說完這些話，石橋就背對眞琴，轉身面向畫布。談話被中途終止，讓眞琴肚裡燒起一把怒火。

她默不作聲地離開。

我和石橋不一樣，她一再在心中如此復誦。

然而不管如何努力陳述石橋的錯誤，他看來都不會改變自己的想法。光靠話語無法讓他折服。

……這麼一來，就只能讓他也遭受同樣的待遇了。

姊姊和日向子都被石橋奪走寶貴的東西，所以這次換自己從石橋身上，奪走他重要的東西了。如此一來，他就會知道有多痛苦。

眞琴一路跑回宿舍，就像從駭人之物逃離一般，彷彿避免跌落如墨汁般漆黑的深淵。回到宿舍，經過曬衣場的時候，眞琴看到櫻子。她打算打招呼而靠了過去，卻在有點距離的地方停了下來——她正在把洗滌的衣物丟到地上，用右腳用力踩踏。她重複這樣的動作好幾次，直到純白的上衣沾上黑色髒污爲止。

自己該阻止櫻子，眞琴這麼想，身體卻無法動彈。就在眞琴掙扎的時候，櫻子離開曬衣場，回到櫻之間。

眞琴撿起那件衣服，標籤上寫著「深澤朝子」的名字。爲何？她不禁低語。

自從回到宿舍，就頻發各種小事件。每一樁事件都是瑣碎小事：東西不見或是被人弄髒，收到惡作劇信之類。然而不論是多小的事情，數量一旦變多，陰鬱的氣氛就會籠罩在眾人之上。互相猜疑誰是犯人的氣氛縈繞不去。

不過眞琴並未吃驚。她已經不是第一次看到櫻子毀損東西。

第一次是剛入學沒多久的時候。

午休快結束時，眞琴爲了拿忘掉的東西而回到美術教室，卻看到非相關人士的櫻子站在美術教室中。她拿起千尋畫的眞琴肖像畫，撕成兩半，丟在地上。當時眞琴還無法判斷，櫻子撕的是「千尋所畫的畫」，還是「畫著眞琴的畫」，所以不知如何是好。只是因爲出現除了自己以外的別人也憎恨千尋的可能性，她才決定默不作聲。儘管這應該與眞琴的正義背道而馳。

如果無辜的人被當成犯人，自己就會老實說出眞相，眞琴如此說服自己。實際上，當茜被朝子懷疑的時候，她確實煩惱。不過櫻子不知爲何，聲稱「茜和自己再一起，所以不是犯人」，替茜解了圍。這也是理所當然的，因爲犯人就是櫻子本人。不過總之事情解決，眞琴也失去說出眞相的機會。

第二次是颱風來的那一晚。

眞琴偶然看到千尋把玻璃碎片放進千尋運動鞋的瞬間。當時，眞琴確信櫻子對千尋懷有仇恨。兩人之間究竟發生了什麼，眞琴不得而知。

櫻子離開之後，眞琴煩惱了好一會。

現在把玻璃碎片拿出來的話，就能讓這件事從未發生。別再發生事端比較好，然而眞琴沒那麼做，相反地，她還把閃閃發亮的玻璃碎片推到更難以察覺的鞋尖——不穿上鞋子就不會發現，確保千尋一定會因此受傷。

鬼迷心竅，這麼解釋實在太不負責任，眞琴並不打算用這句話替自己開脫。然而當時的事情，終究還是只有用鬼迷心竅來形容最合適。事到如今，眞琴也不得不承認，那麼做並不正確。

即使如此，剛才看到櫻子的罪行，眞琴也毫無打算向其他人告發，或是喝斥櫻子要她停止。

——讓她來幫自己對石橋復仇吧。

抓住她的弱點加以威脅，眞琴自知這麼做是錯的。只是小孩的力量和大人相差太多，能用的東西就要全部用上。

——爲了懲罰邪惡，這也是無可奈何。

眞琴將髒掉的上衣丟進洗衣機，打開開關。比起發現衣服被人丟在地上踐踏，發現衣服在洗衣機裡，打擊應該比較沒那麼大。也許對方會認爲是有人不小心弄掉衣服，又不敢道歉，就這樣丟進洗衣機。讓人這麼想的話，還比較好一點。

眞琴帶著文具到自習室，避開其他人耳目，在活頁紙上下筆寫字。

〈我看到妳弄髒上衣。

不想被拆穿的話，午休就到頂樓來。〉

紙上的文字完全是恐嚇。被父親看到的話，一定會被訓說「妳這麼做是錯的」。眞琴隔了一周，才將活頁紙塞進販賣部買的信封，丟進鞋櫃。

——這就是我的正義。

眞琴這麼告訴自己，一如以往地走向美術教室。

眞琴打開通往頂樓的門，一道身影就站在陽光之中。她緩緩回頭，臉龐因爲逆光而看不眞切，但看得出是她。

「……原來是妳。」

櫻子低低說道，豆大的淚珠隨即從她眼中滴落。她不停低頭，連聲說對不起。眞琴也無話可說，只能一直看著從她的下巴滴落的淚水。求求妳，別再哭了，再哭下去，我會沒辦法說出更過分的事情。

「櫻子學姊。」

眞琴出聲喚她，櫻子的肩猛然一震。見她當場凍結的模樣，眞琴盡可能溫柔開口。

「太大聲的話，會引來其他人喔。我沒打算對其他人說出這件事。」

眞琴望著她的臉，只見她雙眼睜大，盯著眞琴的雙眼充血紅腫，顯然在這之前就哭過了。面對一臉難以置信模樣的櫻子，眞琴繼續開口。

「但是相對的，我想請妳幫我個忙。」

眞琴握起她的手。櫻子的手就像冰塊一樣冷，同時讓眞琴體認到自己的手多麼熾熱。

「……幫忙是要做什麼？」

眞是漂亮的人，眞琴想。即使是到宿舍以外的世界，也一定每個人都會這麼想。完全符合星華女神的女兒這個稱號。擁有一切的她，爲何犯下這些瑣碎無謂的事件呢？

「復仇。」

眞琴的聲音鏗鏘響起。比起話語出口的瞬間，落在耳朵中的聲響更爲駭人。從腳邊冒起一股涼意，眞琴情不自禁顫抖。

「櫻子學姊有想復仇的對象的話，我也願意幫忙，到時我們就是共犯。妳到底在跟誰奮戰呢？」

大大的眼瞳中，又有一滴淚珠落下，滑落臉頰。眞琴已經不想再看到任何人哭了。不論是姊姊、日向子，還是眼前的櫻子。她做了壞事，這點雖然是事實，但讓她這麼做的原因，到底是什麼呢？

眞琴做好覺悟，要排除所有讓她們痛苦的事物，爲了這個目標，她不惜一切。

第五章

再過一週，九月就迎來尾聲。山上全然忘卻夏日的色彩，從宿舍窗戶往外望去，景色均披上秋裝。感覺不久前才換上短袖，長袖的季節就已來臨。動作比較快的學生穿上背心或針織外套。聚在食堂的學生應該都穿同樣的制服，卻會依穿的人而顯得截然不同。不過櫻子不論怎麼做，都像學校招生手冊上面的模特兒，總令人覺得無可非議但缺乏個性。

舍監眞由里在五分鐘前通知所有人，晚上用餐完畢後，請暫時留在原地，不過櫻子今早就知道了這件事。

上學前，在舍監室聽到眞由里找自己商量時，櫻子鬆了一口氣——自己還沒被拆穿。不過當她聽到「說不定聽過櫻子的話，對方就會痛改前非呢？」這句搞不清楚狀況的話，矛盾的怒火從胸口深處竄上心頭。眼前的人爲何如此遲鈍？櫻子滿心衝動想揭露一切，大喊自己正是犯人。

實際上她的反應卻是掛著笑容，告訴眞由里「我不確定自己能不能幫上忙，但請務必讓我試試看」。謊言如此自然地脫口而出，讓櫻子對自己更加心生厭惡。

櫻子偷看坐在斜前方用餐的眞琴。她默默動筷，表情平靜無波，和以前毫無不同。只是櫻子心知外表如常的她，其實胸懷無法向任何人訴說的堅定決心。

發現夾雜在粉絲信中的恐嚇信時，櫻子已經做好一切都完了的覺悟。然而在頂樓一片絕望的白光之中，眞琴卻沒對櫻子的罪行說過半句責備的話語。

〈妳到底在跟誰奮戰呢？〉

爲什麼理應一無所知的她，卻對自己如此清楚呢？櫻子難以置信。明明有人不管櫻子如何費盡唇舌——即使兩人之間還有血脈相連——依舊無法理解櫻子。她不禁產生一股衝動，想對眼前的眞琴說出一切。如果是這個人，也許能包容我的一切，這樣的想法掠過腦中，不過她的自尊仍不允許她這麼做。櫻子用理性壓下衝動，再次詢問眞琴。

〈我該做什麼才好？〉

問題的答案出乎她的意料。

〈請讓我在不被任何人發現的情況下，單獨使用學生會室。〉

「櫻子，差不多可以了嗎？」

櫻子一手拿著裝著味噌湯的碗，凝視著空氣時，眞由里走近，出聲喚她。櫻子赫然抬頭，只見眞由里一臉擔心地低頭看著她。

「還好嗎？身體不太舒服嗎？」

「還好，我只是在想要說什麼而已，沒事。」

櫻子迅速切換表情，從位子上站起，隨著眞由里走到大家面前。幾乎所有學生都用完餐，正一邊閒聊，一邊按捺不住想要回房間。

「晚上好，我想大家應該都知道宿舍內最近發生的一連串事件。」

眞由里一開口，大家自然而然地停止閒聊，轉頭看向她。平常眞由里發言，大家大多當作耳邊風，看來都對「事件」相當關心。

「洗好的衣服被人弄髒，鞋子裡被放入惡作劇信等，只要一想到有學生以傷害他人爲樂，我就覺得無比失望。如果有人有什麼頭緒，請告訴我。對我難以開口的話，也可以找櫻子等模範生們。希望大家通力合作，一起避免悲傷的事情繼續發生。」

眞由里的視線看向自己，櫻子點了點頭，踏出腳步——看著自己的眞琴身影映入眼簾，讓她爲之緊張。正直的視線如針般刺在櫻子身上。

「如同剛才眞由里女士所說，我們不能再讓傷害他人的事情繼續發生。儘管如此，我相信做出這些事情的人，一定也是心情上有所不安，並非對此樂在其中。如果當面難以開口，也可以用寫信的方式。如果有什麼困擾，隨時都能找我們商量。忘掉尋找犯人的事，讓我們致力於攜手打造更好的宿舍生活吧。」

說完這番話的同時，朝子鼓起掌，掌聲宛如水面的漣漪一般擴散。沒人明白，櫻子心想，沒有一個人明白自己——除了眞琴以外。

因爲單獨行動容易遭到懷疑，選擇在公共休息室打發自由時間的學生增加了。電視雖然傳出明快的歡笑聲，笑聲的明亮卻讓房間內的沉重空氣變得格外明顯。「妳們知道以前發生過這種事嗎？」用這句話打破眼下空氣的人，是坐在櫻子隔壁的朝子。

「這是以前媽媽告訴我的：聽說以前也曾經像這樣，發生一連串犯人不明的零星事件。正好是傳說的女神、惠子學姊三年級時發生的事情。」

妳知道嗎？面對朝子彷彿這麼說的視線，櫻子點點頭，示意她說下去。櫻子從來不曾聽母親提起這件事。母親總是喜歡把自己的過往事蹟當成豐功偉業，一再向她誇耀。如此的母親，行善斷無不欲人知的道理。這件事是否對母親——以及櫻子，有何不利之處呢？

櫻子不禁屏氣戒備。

「和現在一樣，宿舍內一片險惡氣氛，大家都互相猜疑，無法彼此信任。就在這個時候，一名學生遭到大家懷疑，她是當時和惠子學姊同寢室的一年級學生。」

朝子彷彿說過這個故事千百次，流暢地敘說下去。公共休息室的所有學生都在屏氣等待下一句話，只有櫻子想起正子的臉。她想起的不是正子帶著酒渦的可愛笑臉，而是在玄關指責母親，疲憊無力的表情。

「當時也不是有什麼證據，只是有人說看到那名一年級學生，單獨出現在現場。不過因爲大家都疑神疑鬼，見到可疑的對象就會開槍。當時就是這樣的氣氛。這個時候，出聲抗議的就是惠子學姊。惠子學姊爲那名一年級學生擔保，說她不可能犯下罪行。後來她建議，接下來每天都和那名一年級學生共同行動，證明她的清白。其他三年級學生，也效法惠子學姊，開始和自己同寢室的一年級學生一起行動。犯人想必因爲獲得同房學姊的信賴而感到無地自容，悄悄寫信給惠子學姊，坦承自己就是犯人。於是惠子學姊就向當時的舍監商量，表示犯人既然已經自首，追查一事就此罷休，一筆勾銷。事件就此解決，當時三年級和一年級兩人一組的模式，就此變成『母親與孩子』制度，一路流傳下來，成爲像現在這樣指導受教的關係。惠子學姊會被稱爲傳說的女神，也是因爲有這一段故事。」

說完這段往事，朝子彷彿說自己的當年勇似地一臉得意，臉上泛起激動的紅暈。

「也就是說，『母親與孩子』的制度，並不是學校決定的囉？」

一名學生提問。

「沒錯，一切都是多虧了惠子學姊的人品，一般學生根本辦不到。」

她的視線投向櫻子，然而她所看的並不是櫻子，而是她背後的櫻子母親。

「櫻子學姊，剛才妳在食堂的那番話，讓我深受感動。我想犯人一定會向櫻子學姊自首的，我相信櫻子學姊。」

朝子情緒激動地這麼說，似乎完全忘記自己今年春天，才無憑無據地指控茜是犯人。她只是一味將從母親口中聽到的故事，套在櫻子身上。櫻子是第一次聽到這段往事，不過她能輕易想像出當年一連串事件的犯人，想必就是母親。她一想到自己不知情地做出相同事情，就感到一陣反胃。自己爲何會與母親如此相像呢？櫻子苦澀地想。

「我也相信著大家喔。」

櫻子微笑的瞬間，眼皮跳了起來。又來了，自從暑假開始之後，眼皮就會無視櫻子的意思跳動。上網查過之後，櫻子得知眼皮跳動是壓力造成的影響。只是即使知道原因，無法消除壓力根源的櫻子也束手無策。她連連眨眼，掩飾跳動的眼皮，留下一句「我差不多該去自習室了」便起身離座。

❀

宿舍雖然有許多規則，但背後都有令人信服的道理，使其值得遵守。不過在櫻子家，母親就是規則。道理或一貫的邏輯之類的東西都不存在，一切以母親喜歡與否爲基準，僅此而已。

一個半月的暑假彷彿會永遠持續，每當早晨來臨，櫻子便帶著絕望的心情睜開雙眼。

去浴室洗臉的路上，就會被母親用不悅的聲音數落，要櫻子快點去洗臉。吃早餐的過程中，得一直聽母親抱怨父親。一打開電視，母親就會開始大肆批評電視上的藝人，無可奈何地聽她評論，母親又會瞬間翻臉，要櫻子趕快去讀書。母親就像是不滿的化身，無時無刻都在不悅。唯一的例外是星華校友會聚會，當她身處眾人中心的時候。

八月十五日，儘管正是中元返鄉時節，校友會仍一如往常舉行。櫻子依照母親的囑咐，待在房間內做功課，母親卻到房間叫她「去和大家打個招呼」。想叫母親不要突然開門的抗議聲湧上喉嚨，卻又被櫻子硬是吞了回去。儘管房門裝有門鎖，但櫻子家從以前就規定絕對不准鎖門。母親的主張是：如果沒做不能被父母知道的事情，房門自然也不需要上鎖。一身T恤配短褲的居家打扮，讓櫻子有點猶豫，不過想到避免惹母親不高興比較重要，她還是立刻到客廳露面。

「哎呀，櫻子，一段時間不見，妳看起來又長大了呢。」

櫻子說了聲「好久不見」，低頭向校友會的人們致意。幾張攤在桌上的照片，映入櫻子的眼簾。

「櫻子，過來這邊坐。」

櫻子依著母親的指示坐下。攤在桌上的是校友會成員之一的家庭照，照片上的她與丈夫兒子三人一起看向鏡頭。看得出來是在家族旅遊或大學入學典禮等特別場合拍的照片。

「妳不記得了嗎？這是阿姨的兒子，他還在讀幼稚園的時候，常來我們家玩，名字叫雅人。」

在詢問之下，櫻子再次認眞端詳照片。這麼一說，櫻子依稀記得她曾經和叫做阿雅的男孩一起玩扮家家酒、著色畫。不過問她記不記得，她實在沒自信辨別「阿雅」與照片的男性是否爲同一人。

「櫻子，妳和阿雅交往吧。」

母親的話讓櫻子不假思索地咦了一聲，過於突兀的發言讓她一時無法理解。

看到櫻子不知所措的樣子，母親以爲她是在害羞，用一副沉穩女性游刃有餘的態度，繼續說了下去。「我也不是要你們馬上開始約會，或更進一步的接觸。」

「只是妳大學不是也打算讀女子大學嗎？如果只是在家跟大學之間兩點往返，就沒什麼機會遇到男生，而且對男人太陌生的話，要是被差勁的男人吸引就糟了。就這一點來說，阿雅他也是妳認識的人，你們可以先從通信開始。用不著擔心，寫信的話，媽媽就可以幫妳看看有沒有什麼需要修改的地方。」

修改，櫻子在口中喃喃覆誦。她抱著有人能出言替她解困的希望，從眼角餘光偷瞄在場的其他成員，不過每個人都一臉陶醉地聆聽母親講話。

「我和大家談過之後，大家果然都認爲校友會成員的兒子中，阿雅是最合適的人選。

等妳大學畢業，他剛好是開始工作的第三年，馬上就可以結婚了喔。」

「媽媽，結婚什麼的……」

櫻子插話打斷進行太快的話題，然而母親滔滔不絕的演說根本停不下來。

「妳這孩子迷迷糊糊的，比起就職，還是結婚比較幸福。而且阿雅家離我們家也不遠，這樣媽媽就隨時都能過去幫忙了。」

眞是好主意耶，一群中年婦女手拉著手揚起歡聲。櫻子正感到噁心，眼皮突然開始跳動，視野一陣暈眩——再這樣下去，自己就會被母親寄生，直到一切都被母親奪走，變成空有身體，卻無法思考也無法感受的人偶。

「……我才不要結婚。」

明明才剛吐出想說的話，其他話語立刻湧上喉嚨。櫻子明白自己此刻像即將潰堤的水壩，龐大的力量正迫在眉睫。

「我不也說了，我沒要你們現在馬上就結婚呀？」

「我想自己決定自己的事情。爲什麼妳們要在我不在場的地方，討論我的事情呢？」

「還不是因爲放著妳不管的話，事情就會搞砸的關係！我們可都是爲妳好喔？不只媽媽一個人，大家也都很努力在爲妳著想！」

「明明是別人家的家務事，多管閒事到這種地步才奇怪吧？爲什麼妳們就是不懂呢？

今天明明是中元節，大家爲什麼不留在家裡呢？爲什麼不和家人待在一起呢？我才不想變成大家……變得像媽媽這樣子！」

櫻子一說完就邁步狂奔，跑上階梯，衝回房間，匆匆鎖上從未使用的門鎖。母親宛如惡鬼的面孔消失在門的另一邊，門把隨即喀鏘喀鏘地響起轉動聲。「快開門！」母親一邊拍門一邊大喊。「快道歉！向大家道歉！」

櫻子鑽進被窩，用毯子蓋住頭，摀住耳朵。右眼眼皮的跳動，仍然沒有平復的跡象——拜託，別再管我了！櫻子暗自祈禱，同時默默忍耐。

不知過了多久，櫻子試著放下摀著耳朵的手。曾幾何時，母親的怒罵聲與拍門聲都不見了。她從床上起身，偷看窗外的情況。先前停在外面的幾台腳踏車已經不見蹤影，想來大家已經回家了，櫻子不禁鬆了一口氣，不過後悔襲上心頭：剛才爲什麼要那樣發飆呢？自己好不容易忍耐到現在。一旦母親眞的動怒，她的怒火就會持續好幾天，櫻子明明早已學聰明，知道放棄反抗還比較輕鬆才對。

母親現在在做什麼呢？和校友會的人一起出門了嗎？櫻子尋思。

她躡手躡腳下床，耳朵貼上門板，沒想到門把刹那響起轉動聲——櫻子嚇得跌在地。

「我知道妳就在那裡！快點給我出來道歉！」

聽到母親的話，櫻子後悔起來：自己爲什麼不在外人還在場的時候道歉呢？有其他人在場，母親多少還會保持理性——如今家裡只有兩人獨處，母親不知道會說出什麼話，做出什麼事。父親不巧要到明天中午才會回家，母親的怒氣絕不會轉向父親。

櫻子用毯子披頭蓋住自己，隔絕所有聲音。她一邊試著讓吵得像要跳出來的心臟鎮定下來，一邊思考接下來該怎麼辦，結果卻聽到桌上隱約傳來宛如蚊子振翅的手機震動聲。她抱著也許是父親要回來的期待，伸手拿起手機，打開簡訊。

〈妳以爲媽媽至今爲止的人生，爲妳犧牲了多少東西？〉

目睹文字的瞬間，櫻子感到心臟彷彿被擊中了。門的另一邊傳來喀達聲響。

——母親還在那裡。

櫻子怕得不敢確認母親的狀態，她蜷著身體，僵直不動。她感到全身的感官麻木遲鈍，無法動彈，僅有耳朵變得比平常更爲敏銳，毫無遺漏地捕捉母親發出的聲響。按下手機按鍵的聲音，響亮地敲打著鼓膜。

〈快道歉。〉

〈眞是丟人現眼的女兒。〉

〈妳是不是只遺傳到妳爸爸的缺點？〉

〈無法想像妳是我的小孩。〉

〈說點什麼看看呀？〉

〈妳只要一看情況不對，就會一聲不吭。〉

〈說點什麼呀？〉

〈什麼都不說，是因為妳討厭媽媽，對吧。〉

〈沒辦法和爸爸離婚，都是妳的錯。〉

短短時間內湧入大量簡訊，每一封都讓櫻子深受打擊。身體難以呼吸，腦袋開始作痛，眼皮又跳了起來，櫻子不停哭泣。

〈要是沒生下妳就好了。〉

櫻子拚命壓抑想要衝出體內的吶喊。拜託，請妳理解——她用顫抖的手打出文字，努力按下傳送鍵。

〈拜託，請放我自由。〉

絕對不能輸，再這樣下去，自己只會變成母親的傀儡。櫻子在母親的怒火再次湧進手機之前，關掉電源，將手機塞進抽屜。

自己從未像這樣反抗母親，櫻子希望母親能知道，自己已經撐到極限了。

洶湧的淚水終於止歇時，櫻子的頭痛加劇，眼前一陣暈眩。她感到呼吸不順，汗流浹背，這才注意到原本開著的空調停了。她伸手去拿遙控器，但是不管按幾次，空調都毫無動靜……一陣討厭的預感襲上櫻子心頭。

她連忙探向房間的電燈，不過無論她按了多少次開關，電燈都沒有亮起。

……停電了。不對，櫻子醒悟過來，是母親故意斷電。

她想起早上看新聞時，播報員才說今天會是今年最熱的一天。眼下溫度計已經來到三十五度。

無可奈何的櫻子只好打開窗戶，然而從窗外流進房間的只有悶熱的空氣，完全涼不下來。櫻子一口氣喝光放在書桌上，裝在玻璃杯中的麥茶。杯中的冰塊早已融化，入口的麥茶微溫。

簡直就像是忍耐大會。

如果在母親改變心意之前出房間，櫻子一定又會陷入母親的掌握，束縛也會變得比以往更甚。櫻子無力地倒進床鋪，尋找比較涼爽的地方，不過馬上又會被自己的體溫捂熱。櫻子只好再找其他地方，一再重複相同模式。

天空昏暗下來，櫻子仰望宛如被窗框裁切的天空，想起自己曾幾何時，不再在中元時節回奶奶家。沒記錯的話，應該是櫻子國中一年級時的暑假。

那個時候，星華校友會的成員們計畫一起去聽演唱會。當時母親好不容易買到了她支持的男性偶像團體的演唱會門票，由父親負責接送她們到會場。大家對此都讚譽有加「眞是溫柔的老公」，母親聽著也頗爲得意的樣子。

只是不論母親還是櫻子，都沒能看到演唱會，因爲母親中暑倒下了。要在大熱天下，還有熱氣包圍之中站著，對沒參加過戶外演唱會，平常都窩在家裡的母親而言，體力上實在太過吃力。即便如此，母親也不忘體貼地囑咐校友會的其他人「大家請留下來繼續看演唱會，我會請外子來接我和櫻子。」

不幸的是父親沒接電話。櫻子回想起來，由於母親事先講過，演唱會結束後，大家要一起去吃晚餐，回家會比較晚，因此父親也表示他會去高爾夫練習場，等到時間差不多再來接她們。他還說因爲是在山上，手機收訊可能比較差。

最後櫻子和母親只好搭計程車回家。櫻子讓母親一口一口地啜飲從便利商店買的運動飲料，用冰塊在母親的脖子上冰敷。計程車車內過強的冷氣雖然有點冷，但對癱倒在櫻子大腿上的母親而言，似乎恰到好處。

櫻子從母親的錢包中拿錢支付車資，扶著母親的肩膀步出計程車。馬路的反光太過刺眼，櫻子腳步踉蹌。「還好嗎？」司機出聲詢問，也跟著下車，幫忙攙扶。櫻子乘機將鑰匙插入門鎖，打開大門。一陣笑聲從家中傳來，但不是父親的聲音。在視線的一角，櫻子瞥見一雙陌生的女性跟鞋。

「……送到這裡就好，謝謝。櫻子，去叫爸爸過來。」

母親向司機道謝，關上大門後就倒在玄關地上。快叫爸爸過來，母親喃喃說道。櫻子將母親留在原地，前往客廳。

剛才聽到的笑聲已經消失，櫻子作好覺悟，打開客廳的門。映入眼簾的是臉色鐵青的父親，以及外貌極爲平庸的女人，兩人隔桌相對喝咖啡的身影。

「媽媽中暑倒下，所以我們先回來了。她現在人在玄關，沒辦法動。」

櫻子一說完，父親就衝出客廳。那名女性不知所措地拿著咖啡杯，呆呆站在原地。她手上拿著櫻子最喜歡的馬克杯。

「我叫了救護車，妳也一起來！」

玄關傳來呼喊聲，櫻子一瞬之間，思考了父親所說的「妳」到底是誰，但轉念想到自己何必顧慮這個女人，便奔向母親身邊。

「她開始抽筋了，得把腳墊高才行。快拿浴巾過來！」

手機掉在父親身邊。櫻子意會過來，剛才電話打不通，原來是因爲父親關機了。長相平庸的女性拿了浴巾過來，遞給父親。爲什麼妳會知道浴巾放在哪裡？無意義的疑問浮上櫻子心頭。幾乎已經沒有意識的母親踢開墊在腳下的浴巾，擠出聲音。

「……你是想殺了我吧。」

父親和櫻子陪著母親上了救護車，女人則不知不覺間不見蹤影。櫻子在救護車上，對父親一句話也沒說。

結果母親被診斷爲中暑，必須住院。頭兩天母親連飯都吃不下，只能吊點滴。到了第三天，才能吃點稀飯。恢復正常飲食後，這次換成胃開始痛，於是照了胃鏡。雖然狀態有點差，但不需要太擔心——母親得到醫師診斷，終於得以出院時，已經是半個月後了。

母親住院期間，一直由父親和櫻子輪流看護、洗衣和採買。那名女性從未出現在話題中，彷彿那天事情發生時，僅有他們三人在場一樣。如果母親意識模糊，不記得一切，也許這樣還比較幸福。櫻子在心中暗自決定，絕不主動提起這件事。

出院當天，父親請假去接母親。三人走出病房，向護理師及醫師打過招呼，離開醫院。一走出自動門，母親就從父親手上搶回行李，走向計程車招呼站。

「櫻子，我們搭計程車回家。我不想和殺人凶手搭同一輛車。」

冰冷的聲音讓櫻子知道——母親記得所有事情。

之後，母親在家都稱呼父親爲「殺人凶手」。不論三餐還是洗衣服，母親只會準備兩人份，完全無視父親。即便如此，父親也沒有任何可疑的行徑，每天定時回家，假日也待在家裡不出門。這樣的狀態持續了一個月。

星華校友會聚會的日子，剛好和父親的假日重疊，結果父親與校友會的成員在客廳打了照面。「眞棒的老公。」聽到校友會成員如此誇讚，母親回道：「沒那回事。對吧，親愛的？」那是母親打從那一天以來，第一次向父親搭話。櫻子永遠也忘不了，在那一瞬間，出現在父親臉上的表情。

那是摻雜著安心與喜悅，此外還帶有些許悲傷的表情。

「我實在是個差勁的丈夫。」

他如此低語。

那個女人是誰？你們現在還在一起嗎？母親從未問過這些具體的事情，取而代之的是比以前更計較時間與態度，試著掌控父親的一切。

母親的不滿也會遷怒到櫻子身上。

在此之前，櫻子就已經被強制要表現得像母親的分身，在事情發生之後，母親更是所有行動都不讓櫻子自己決定。只要稍加抵抗，等待著櫻子的就是這一句話：

「連妳都要捨棄媽媽嗎？就像妳爸爸那樣？」

被這麼一說，還有小孩能拒絕嗎？

自從那天以來，母親就不再聽父親的話。本來關係就不太融洽的婆家，更是不再踏足拜訪。父親只有在中元節，才被允許回老家一天。除此之外，父親沒有自由。

房間內已經完全暗了下來。從窗戶向外望去，只有鄰近的點點燈火，仍將櫻子與現實連結在一起。她在朦朧的腦袋中，回想起中暑的恐怖：蒼白的臉龐，抽筋時做出非人動作的身體，以及因爲汗水而濕冷的皮膚。自己現在還行，櫻子想到這裡，腦中就不禁冒出另一個問題：母親沒事嗎？畢竟她本來就不是身體多健康的人。

如果她就倒在這扇門之後？

就算現在沒問題，如果她在明天中午父親回來之前倒下了呢？

如果發生這樣的情況，櫻子不會後悔嗎？

櫻子下定決心，打開房門。

一片昏暗的走廊上，櫻子沒看見原以爲會在的母親身影。

她在黑暗之中，摸索著牆壁，一步步邁進，然後抓著扶手走下樓梯，以免摔倒滾落。手心因爲汗水而濕滑無比，喉嚨也因爲緊張而乾渴不已。櫻子已經幾小時都沒攝取水分。

來到一樓，櫻子看到客廳透出光線。一併傳來的還有電視聲，以及母親的笑聲。母親早已踏下舞台，而自己卻一無所察，獨自持續比賽。櫻子頓時一陣無力。

打開客廳門，就有一股涼爽的氣流，撫上緊貼著濡濕瀏海的額頭。注意到櫻子的腳步聲，轉頭看到櫻子，母親深深嘆了一口氣。

「妳終於明白自己是錯的，所以來道歉了？」

櫻子微微點頭——自己錯了，不管訴諸任何言語，眼前的怪物都不會理解櫻子的心情。

「不會連妳都拋下媽媽，對吧？」

櫻子點頭。

「對不起，媽媽。」

爲了讓回宿舍前的時光歸於平穩，櫻子說謊了。僅僅爲了今晚能在開著空調的房間內酣然熟睡。她就只是爲了這個目的，口吐謊言。

知道父親另外有女人的時候，櫻子覺得遭到背叛。

竟然想要獨自離開，眞是太狡猾了。

一起帶上我啊。

櫻子心中湧起這樣的怒吼。背叛母親太過分，這樣的想法絲毫不曾掠過她的腦中。想要向外尋求救贖，櫻子也擁有同樣的心情。如果正子是自己的母親該有多好，這麼想的當下，自己就和父親沒什麼兩樣。

母親並不是因爲父親的外遇才壞掉的，母親本來就已經壞了。櫻子只是領會到，原來父親也和自己抱著相同的想法，如此而已。

光是顧著如何討好母親，夏天就結束了。一回到宿舍，接下來等著自己的又是扮演星華女神女兒的任務。櫻子已經不知道自己究竟要到什麼時候，才能變回自己。

每當長假結束，櫻子的鞋櫃和房間門前，就會堆滿信徒給的土產。

宿舍爲了避免不必要的紛爭，其實規定禁止買土產送人。宿舍以前似乎有人爲了自己有沒有收到土產，而引發紛爭。儘管如此，眞由里還是對送給櫻子的土產睜一隻眼閉一隻眼。想來是知道，如果禁止，自己會遭到抨擊。

明明連當面遞給櫻子都不敢，每份土產卻都會附上一封長長的信。信上交代了自己暑假和家人去哪裡旅行，在當地做了哪些事，甚至還會有人附上與家人的合照。此外，信中必定會寫著這麼一句話：

——櫻子學姊和家人一起去了哪裡呢？

這是對自己的惡意嘲弄嗎？

明知並非如此，櫻子依舊覺得自己彷彿要被眾多的理想家庭壓垮。她被強迫認識到，世界上原來有這麼多幸福的家庭。同時「自己家說不定並不『普通』？」這個疑問的答案，也被狠狠甩在櫻子面前。

〈我媽媽不管我抗議說會胖，每次都會在我便當裡塞一個油炸食物。我們因此大吵一架。明明是難得的旅行，去程電車上的氣氛卻糟透了。不過因爲媽媽買了很多東西給我，我就原諒她了。只是媽媽爲什麼就是不懂這種事情呢？〉

這樣的母親究竟哪裡差勁了？怒氣從櫻子心中油然而生。幫忙做便當，即使女兒不知感恩，還是百般配合討好，這樣的母親如果叫差勁，那麼爲了逼出關在房間裡的女兒，在夏天最炎熱的日子切掉電源，試圖把女兒烤出來的母親，又該叫做什麼呢？

希望這點懲罰，能讓妳們反省自己，明瞭自己的罪過。櫻子以這樣的想法當藉口，對送土產給自己的人們，給予了制裁。

弄髒洗好的衣服、寄送惡作劇信、把東西藏起來……每樁事都是瑣碎的小事，比起她們做下的事情，根本算不了什麼。櫻子再次如此說服自己。

每當她們發現對自己下達的制裁，高聲嚷著過分的時候，櫻子心中就會一陣舒暢。有這麼好的父母，不遇上一點壞事的話就不公平了。

每當櫻子施加制裁，她就會將信與土產從紙袋移至花朵圖案的盒中。隨著紙袋東西逐漸減少，櫻子就會陷入不安：要是紙袋變空了，自己是不是會做出更嚴重的事情……

然而騷動逐漸平息，櫻子明明給予了制裁的對象，卻若無其事地度日。注意到這一點的櫻子，感到不太對勁。

「最近常常發生事情，妳那邊還好嗎？」

櫻子裝出一副擔心的模樣，確認對方的反應，對方看到櫻子向自己搭話，喜悅之情溢於言表，帶著笑容回答：「感謝關心！不過我這邊什麼事都沒發生，一切都很好。」

至此，櫻子終於察覺，有人搶在櫻子制裁的對象發現前，先一步抹消制裁的存在。洗好弄髒的衣服，將被藏起來的東西物歸原主，把惡作劇信丟進垃圾桶。

——有人注意到櫻子的所作所爲。

意識到這一點的下一個瞬間，排山倒海的恐懼襲向櫻子。不管如何自我催眠，櫻子都知道自己做的事情是不能被他人發現的行爲。女神就是事件的犯人，這件事絕對不能被人知道。

〈我看到妳弄髒上衣。

不想被拆穿的話，午休就到頂樓來。〉

在鞋櫃中發現匿名信時，自己畏懼已久的事終於化爲現實。卻反倒讓櫻子鬆了一口氣，與其被身分不明的人監視，一直懷著對將來的恐懼，不論結果如何，還是迎來終點比較好。

眞琴現身的時候，櫻子爲眼前出乎意料的人物而吃了一驚。

「原來是妳。」

明明是同寢的室友，櫻子卻對她不甚了解。不過如果是眞琴，以她個性強悍，即使面對「母親」千尋也毫不退縮的性情而言，在知道櫻子就是犯人的當下，應該就會當場出聲制止櫻子才對。

沒想到眞琴竟然表示，希望櫻子能協助她復仇。

「請讓我在不被他人注意到的情況下，使用學生會室。」

「妳到底打算做什麼?」

「我……」

眞琴猶豫片刻，說出她的計畫。櫻子大受震撼。眞琴的計畫會讓她自己付出太大的代價，讓人不禁出聲制止。

「這麼做的話，妳也會犧牲自己!可以向其他老師商量，想出其他方法……」

「我的事情怎麼樣都無所謂!我只是無法原諒石橋老師。爲了姊姊和日向子，我不惜任何代價。」

聽到眞琴這麼說，櫻子終於能夠理解:正義感這麼強的眞琴，想必無法放任有人因爲櫻子的行爲而受到傷害。儘管如此，眞琴也無法告發櫻子，因爲她需要櫻子協助復仇大業。所以眞琴才會一發現櫻子的行爲就出手補救，將事情恢復成從未發生的狀態。這麼一想，一切都說得通了。

——多麼有正義感的一個人。

櫻子至今爲止都在爲自己的事情掙扎煩惱，從未爲了他人發怒哭泣。自己一直以來都在觀察他人臉色，從來不曾產生爲他人做點什麼的想法。這樣的自己簡直自我中心到極點，櫻子不禁羞愧。

眞琴想必不管被他人怎麼想，都不放在心中。因爲她深信自己的信條是正確的。

因此一想到自己接下來要提出的主意，其實不是爲了眞琴，而是爲了自己，櫻子就感到一陣慚愧。不過就結果而言，這也是爲了眞琴好。

「我明白了，我會幫妳的忙……不過我有個更好的主意。」

櫻子在眞琴耳邊輕聲說出自己的提議，眞琴睜大了雙眼。

「……妳是認眞的嗎？」

「當然，我也有想要報復的對象。」

「妳想要報復誰？」

——櫻子想要傷害母親，想要讓她打從心底憎恨、厭惡自己，使母親說出「我不要妳了」，就此放棄櫻子。

❀

咚咚叩咚咚、咚咚。

學生會室的門外傳來敲門聲。確認敲門聲與她們事先說好的拍子一致後，櫻子解開門鎖。拿著道具的眞琴正站在門外。

「好了，快點進來吧。」

櫻子迅速關門上鎖，拉上窗簾。

「……妳確定要這麼做嗎？」

眞琴再次詢問櫻子。

「當然。」

櫻子點頭。

「……我知道了。」

隨著眞琴一一拿出道具，櫻子也開始做相關準備。母親留在黑板上的文字映入眼簾：

「星華的羈絆永恆不滅」。

眞是可笑，櫻子心想。母親所說的羈絆根本不是羈絆。那不是手牽手相連，而是用鎖鏈束縛的行爲。只有像眞琴這樣的人，才有資格使用羈絆這個詞，櫻子這麼想。

櫻子也想抱著只爲了他人，單純替他人的幸福著想的想法，做點什麼事情。例如身爲自己「孩子」的茜，櫻子想僅僅爲茜的幸福，替她做點什麼。

事到如今，櫻子才注意到，這才是所謂的友情。

「櫻子學姊，請到這裡來。」

櫻子遵照眞琴的指示，她相信這是爲了眞琴以及她自己。

❀

「待會能占用妳一點時間嗎？」

晚餐前，櫻子在已經就座的茜耳邊低語。茜回答好之後，櫻子笑著說了聲「太好了」，便在茜對面的位子坐下。茜吞下湧到喉嚨的疑問。

——學姊最近臉色有點疲憊，有什麼事情嗎？

打從暑假結束以來，這句話茜已經不知說了幾次。想到再說下去，可能會太過煩人，所以茜決定克制自己。

前幾天，在櫻之間討論未來方向時，櫻子說她要繼續就讀星華的大學部。大學部只要搭一班電車就能到，這點距離的話，茜暗自期待櫻子即使畢業，說不定也能隨時來玩。

「……茜，妳盯櫻子學姊盯得太明顯了。」

耳邊傳來低語，讓茜嚇一跳。轉頭一看，同班同學正一臉賊笑地站在那裡。

「……我才沒有在看！」

茜小聲反駁，對方只是笑著丟下一句「不用害羞嘛」，回到自己的座位。

茜一邊嘆氣，同時神色一緩。國中的時候，同學從來不曾像這樣向自己搭話。現在回想起來，茜和其他人說話的時候，總是繃緊神經，避免遭到攻訐。爲了不讓任何人靠近，茜刻意擺出冷淡的態度，遠離他人。如今的茜，卻能讓人不假思索地接近。

茜的境遇有所改變，完全是櫻子的功勞。她疼愛身爲「孩子」的茜，常常拉她加入談天。剛開始，這讓茜沐浴在嫉妒與好奇的目光之下，但這樣的情形沒過多久就停了。千尋的圖被撕破的時候，櫻子站出來袒護茜一事，對此影響特別大。不管發生什麼事，櫻子學姊都會站在茜這一邊，知道這一點後，沒人還會公開排斥茜。不僅如此，普通地向茜打招呼的人增加了，也有人會和茜一起吃便當，茜現在甚至還在考慮加入社團——簡直就像一般的女高中生。當初進宿舍的那一天，茜根本想不到會有這樣的日子。

自己再也無法相信他人，當時的茜抱著這樣的想法。曾幾何時，櫻子已經潛入茜的內心，遲遲不肯消失。就像剛才同班同學的調侃，茜的視線總是忍不住追著櫻子。茜一開始還有所抗拒，但現在早已放棄。

這裡的生活，就是茜的整個世界。

❀

暑假時分，不論櫻子怎麼勸，茜都不打算郵寄行李，是因爲在那個家裡，沒人會好好簽收保管她的行李。

長假期間中，兩成的天數必須在自家度過。茜為此打電話回家時，第一通電話是外公接的，他一聽到茜的名字，馬上說「我聽不到」並掛斷電話；第二通電話雖然是外婆接的，但她卻刻意發出嫌棄的聲音。久違地聽到那個聲音，茜突然覺得呼吸困難，差點直接在設置公共電話的宿舍走廊上蹲下來。剛才還覺得舒適涼爽的空調冷氣，頓時一陣冰冷，肌膚卻像是灼傷一樣熱辣辣地作痛。茜不想回那個家，連身體都起排斥反應。

休業式之後，搭著接駁巴士下山的途中，茜一直想著要逃到哪裡去。她已經和櫻子約好要一起去參加祭典，所以她想過和櫻子分開之後，再一個人偷偷回到海邊，消失在如黑墨一般的海水之中。她之所以沒付諸實行，是因為櫻子袒護了她。有人站在自己這邊，茜在實際感受到這一點，第一次捨不得就此死去。

當時看的煙火，是茜人生當中第一次的煙火。

茜從未擁有能一起去看煙火的父母和朋友，所以她總是獨自一人窩在公寓中，或是待在沒有她的容身之所的外公外婆家。傳入耳中的如雷轟響，就是對茜而言的煙火。

現在不同了。

閃亮燦爛的煙火映照在櫻子身上，待在她身旁的茜許下了願望。

〈請讓我能一直和櫻子學姊當朋友。〉

櫻子的願望想必和自己不同，儘管如此，茜依舊忍不住許下這樣的願望。正因為懷抱著這個願望，茜才能搭上前往外公外婆家的電車。

抵達外公外婆家的時候，已經夜深了。茜按了好幾次電鈴，外公外婆才讓她進去。他們以會造成鄰居困擾為由，甚至不准茜洗澡，茜只好就這樣窩進房間。她只從壁櫥中拿出枕頭和毯子就躺了下去。瀏海的髮絲因為汗水和海風而黏在額頭上，身體還帶著海水的氣味。在在證明先前和櫻子一起看煙火的記憶，雖然有如一場夢境，但確實是現實。

暑假期間，茜都在房間內乖乖寫作業或是睡午覺度日。外婆不喜歡她出房間，所以她一整天有大半時間都是在房間內度過。因此明明正值盛夏，卻只有茜的肌膚格外白皙。即便如此，茜每到傍晚時分，還是會走出家門一趟，小心避開熟人在附近散步。因為不這麼做，茜覺得自己就會被彷彿一輩子都會關在那個家中的恐懼壓垮。

日落後，空氣變得宜人許多，白天時的炎熱就像騙人一樣。特別是河川沿岸一帶，迎面而來的晚風清涼舒暢，讓茜能什麼也不想地，沿著堤防一路走下去。

那一天，深夜到早晨雖然下過雨，不過雨勢到中午前就止歇放晴，天空一片晴朗。茜在日暮時分步出大門時，天空正從橘色一路染成茜紅色。她情不自禁地停下腳步，仰望著天空。每當她看到這個顏色的天空，總會想起母親的事情。

當時茜還沒上幼稚園，茜印象中的第一位父親動怒，在家中大肆發飆。他亂扔碗盤，捶打牆壁，正要踹向女兒的時候，母親抱著茜逃到外面。父親沒追上來，但茜怕得不停哭嚷。母親對著這樣的女兒，溫言說道「我們去散步吧」，並將女兒揹在背上。

茜不知道她們要去哪裡，只是趴在母親背上，祈禱能就這樣不要回家。

「眞是漂亮的夕陽啊——」

母親站在天橋中央喃喃低語，似乎不是刻意說給背後的茜聽。茜也隔著母親的背，仰頭望向天空。

「這種天空的顏色，就叫做茜紅色喔。」

「ㄑㄢˋ ㄏㄨㄥˊ ㄙㄜˋ？」

「沒錯，媽媽最喜歡這個顏色了，所以才給媽媽最喜歡的妳，取了茜這個名字。」

母親這麼告訴茜的時候，茜沒能看到母親的臉，但她還記得當時的自己有點害羞，但又開心得不得了，只能緊緊地抱住母親的背。那一天也是盛夏時分，母親的背熱得像要燃燒起來一般，但茜莫名安心。

那個時候的母親一定還珍視著茜，但在無數次的戀愛，以及反覆的結婚與離婚之間，茜的優先順序不知不覺下滑，最終成爲多餘的不要之物，被母親獨自拋下了。

原本以爲早已放棄的情感，卻忽地甦醒，牽動淚腺。當時自己在席捲全身的憤怒之下，帶著無所謂的心情，強迫自己什麼都不想。事到如今，悲傷卻像浪潮襲上心頭。

自己究竟是在何時的哪個瞬間，成爲母親不需要的存在呢？茜的腦中不停地思考這些想也沒用的問題。

此時，她注意到對岸有幾道晃動的人影。

隔著一段距離，又是在微暗的逆光之中，茜難以辨別對方，但是令人不安的討厭預感竄上背脊，茜寒毛直豎。

「那不是大宅子的小孩嗎？」

人影中的其中一人似乎辨認出茜，周圍隨之一陣騷動：「眞的假的？」

「不是有人說她死掉了嗎？」

「是喔，所以那個是幽靈？」

「妳看得到我們嗎——？」

沒品的笑聲嘩然響起，同時他們開始撿起腳邊的石頭，朝茜丟來。由於河川有一定寬度，石頭絕對丟不到茜。不過石頭伴隨響亮聲響沉入河底的樣子，對茜來說，只有恐怖可言。她彷彿要甩開纏住雙腳的不安，邁開腳步跑了起來。背後的嘻笑聲緊隨而來，不過茜毫不回頭，飛快地逃回家。

衝進房間，茜用毯子裹住自己，縮在牆壁和書桌之間。她盡可能縮小身體，用兩手抱著膝蓋。沒事的，沒事的，誰也沒追來，茜這麼對自己說。

急促的呼吸安定下來，視野變得清晰之後，淚水與嗚咽聲便突然一擁而上。茜用毯子蒙住頭，盡可能壓低聲音哭泣。

「……我受夠了，我想回宿舍！」

不假思索吐出的話語，茜自己也嚇了一跳。

自己有想要回去的地方。

從痛苦的地方跑出來，持續不停地逃，哭得上氣不接下氣，等到哭累的時候，心中浮現想要回去的地方。這對茜而言，是前所未有的體驗。

剛才發悶收緊，難以呼吸的胸口，頓時像是開了一個溫暖的空洞，暖意緩緩擴散，包裹住茜的全身。

沒事的，自己已經不是一個人了。

茜站起身，從書包中拿出志願調查表的單子，走出房間。志願調查表要在暑假期間和監護人討論後，請監護人蓋章才行。茜一直不想面對這件事，逃避至今。

茜不想像母親那樣，她想有獨自一人也能生存下去的學力，所以她想繼續升學。這點對外公外婆而言，應該也不是壞事。

「我不會讓妳上大學。」

外婆瞥了志願調查表的單子一眼，就鬆手放開。只見單子輕飄飄地打了個旋，落在廚房地板，紙張瞬間暈開油汙。這個家外表光鮮，其實內部髒汙納垢，茜從未見過房子有打掃乾淨的一天。不知道是僅憑老夫婦二人難以維持，還是個性使然，茜難以判斷。

茜撿起單子，不死心地追問：「為什麼？」

「我想去上大學好好讀書，找到工作，變得足以賺錢養活自己！我不會和媽媽一樣！錢的話，等我開始工作以後，我每個月都會還！所以請讓我去上大學吧！」

茜把腰彎到不能再彎，向外婆低頭。頭上傳來熱油濺起的聲音，外婆正在炸天婦羅。

「不是錢的問題。讓妳上大學的這點小錢，對我們家不成問題。」

「那──」

「女人不用讀書。」

外婆發出至今為止最為清晰堅定的聲音。

「我只讀過國中，不也是好好地活到現在。我已經讓妳讀到高中了喔？除此之外，妳還奢望什麼？」

「但是——」

「女人生來就是要當男人的助力，妳媽媽也是說什麼想去大學，眞是不像樣。女人頭腦好就是不討人愛，所以妳媽媽才會被男人拋棄了。」

茜無法順利理解外婆的話，過了好一段時間才發出聲音。

「……等一下，媽媽很會讀書嗎？」

她在這個鎭上聽到的都是關於母親品行的壞話：她是不良少女，整天打工，和男人私奔。他們口中對母親沒半句好話。

「是呀，她說不想變得像我一樣，所以想上大學，眞是惹人厭的小孩。所以我是絕對不會讓妳去上大學的。」

茜腦中浮現許多反駁的話，但都卡在喉嚨，半句也說不出來。最後她抱著不管說什麼都沒用的想法，回到房間，翻找書桌。茜想起當初爲了放自己的東西，她將母親以前的課本文具都塞進最下面的抽屜。她從未看過內容，也從不覺得値得一看。

抽屜中有教科書、筆記本、試題集。茜快速翻開書頁，從上面的註解、螢光筆標出的重點，以及貼在上面標籤來看，看得出母親相當用功。母親記下老師說的重點、自己不擅長的地方、答錯的題目，以及訂正的標記，也能明看得出母親平時就在認眞讀書。

此外還有一本粉紅色的資料夾，裡面整齊地收著段考與模擬測試等的成績單。母親總是學年前三名，不管翻開任何一頁，母親的學業成績一直表現得很優秀。

母親龐大的努力在榻榻米上一面攤開，茜坐在其中，身體難以動彈。眼前彷彿看得到高中生時代的母親。

母親之所以和外公外婆吵架，是因爲他們不肯認可母親去上大學。

母親之所以在打工，是爲了賺學費。

母親之所以和男人私奔，是因爲第一次遇見願意接受自己的人。

根據附近鄰居口中的傳聞，以及外婆說的話，再加上茜知道的她，母親這個人的輪廓終於清晰了起來。

母親總是獨自一人，十分寂寞。

擁有能夠上大學的學力，家中也有足夠的財力，卻由於身爲女人而得不到認同，因爲單純的嫉妒而無法升學。不只如此，母親一定從小就在那個家中遭受虐待。理由雖然不明，不過她也是在基石搖晃不穩的家庭下，度過孩提時代。茜能理解母親看到懸吊在眼前的愛情，就想投懷而去的衝動，也清楚想要相信這份愛情的心情。

母親現在人在哪裡呢？茜頭一次掛念起母親。在此之前，茜對母親只感到憤怒與悲傷，不過現在已經無所謂了。茜已經不再介懷，她現在只希望，母親也能有一個讓她安心歸去的場所。

❀

「雖然可能有點多管閒事，不過我希望妳能收下這些。」

在眾人皆已離去的食堂，櫻子在桌上放下幾個A4的信封。搞不清楚狀況的茜呆呆地看著這一切，被櫻子催促快點打開。

她拿起最上面的信封，拆看信封，裡面裝著一本冊子。茜取出冊子，只見封面上寫著「獎助學金申請辦法」。

「這是……」

茜一抬起頭，櫻子泫然欲泣的表情就映入眼中。

「如果是我多事，真的很抱歉。不過之前聽妳提起的時候，妳看起來實在不像真心想要直接就職。我知道妳一向比別人用功，成績也很不錯。所以說，如果妳只是因爲錢的關係而放棄升學，還有這樣的方法可想。」

茜打開其他信封，除了獎助學金的說明手冊，還有國立大學的介紹手冊，手冊上貼著標籤便條紙。打開一看，頁面上記載了入學費與學雜費等的表格，旁邊還用紅筆細心註記一般私立大學的學雜費金額——是櫻子的字跡。

「這是、學姊特地為了我……?」

我想比較後，應該會更好理解，櫻子答道。

「雖然等到妳升上三年級的時候，獎助學金可能又會有新的制度，或是遭到取消。這些不見得都能派上用場，不過妳現在還是一年級，我覺得也不用急著現在就認定只有就職這條路。我們學校的大學部也有宿舍，努力一點的話，也還有國立大學這個辦法。」

茜發不出任何聲音。

幾乎放棄的未來，此刻彷彿就握在手中。

「……謝謝。」

茜好不容易擠出聲音，將冊子抱在胸前，低頭向櫻子道謝。不用那麼鄭重其事啦，櫻子的聲音從頭上傳來。

「再說，要是妳能來我們大學部，一定每天都很好玩。大學的話，我們就有兩年可以在一起了。這樣一來，我也很開心。請不要太悲觀，試著抱著正面的想法，好嗎？」

「……好的。」

眼皮下湧起一股熱意，體內的水分彷彿都集中到淚腺一樣。在廚房忙碌的阿姨們，也紛紛識趣地說著「稍微休息一下」往外走去。自己要活下去，究竟要讓多少人為自己費心呢？茜不禁心想。不久之前，茜還認爲自己是孤單一人活著。不過不管怎麼想，人光憑自己，終究什麼也無法完成。

如果櫻子學姊遭遇危難，就換我來全力幫助學姊——茜再次確定了自己的決心。

謝謝學姊，茜低頭道謝。光是這樣，水分就要滿溢而出。

不過現在還不是哭的時候，茜用力忍住淚水。

❀

——我想變更志願。

千尋在暑假結束後的面談上這麼說時，石橋睜大雙眼，僵住數秒，隨後吐出的第一句話是：

「……這樣啊，眞可惜。」

他低聲說道，視線落向志願調查表。石橋難得會從學生身上別開視線，至少千尋一次也沒看過。學姊們流傳下來的綽號「梅杜莎」，源由也是來自石橋在志願輔導的時候，絕對不會移開視線的說法。

那眞的是妳想做的事情嗎？

妳不是單純不想再繼續努力，所以才選擇逃避嗎？

妳眞的有盡全力嗎？

彷彿能看穿學生謊言的那雙眼睛，才是美術專科的學生們最爲畏懼的東西。就連自己都在不知不覺之間受騙而未能察覺的眞心，都曾在石橋的步步進逼下，遭到揭露。

千尋只是不想讓自己後悔而已。

千尋第一次正面承受了石橋銳利的視線，因爲她能抬頭挺胸，懷抱確信，自己方才所說的話，全無半字虛假。

「不過如果妳只是想取得教職，之前的志願學校不也可以嗎？妳不是一直說想要去東京嗎？是遭到父母反對嗎？」

石橋拚命地一再遊說，讓千尋很開心。只是儘管如此，她的決心也未曾動搖。

「不是那樣的，我只是希望上大學之後，能多在家鄉摸索自己辦得到的事情。」

❀

結果千尋直到開學的前一週，暑假都在小鳥遊村度過。

千尋明知自己其實應該回宿舍，練習考試用素描，不過比起該做的事情，她更想優先做想做的事情。這是考生不應有的行爲，然而父母毫不緊張地爲此表示開心。要在之前，千尋也許會感到焦躁。不過此時此刻，她卻覺得非常感激。她明白這是父母的信賴——不管做出什麼選擇，千尋都能做得很好。

首先，千尋接下了原本拒絕的結婚迎賓畫。當她詢問對方，是否還願意讓她幫忙的時候，阿姨握住她的手，告訴她「眞是太謝謝妳了」。

千尋請新娘提供需求，從圖書館借資料，請父親開車帶自己去買材料。這裡一旦沒車，要買東西就萬般不便。千尋第一次打從心底感謝沒說半句怨言，甚至還哼著歌陪自己來的父親。

千尋拜託美穗子和彩夏，讓她使用國中的美術教室。新娘想要的是新人夫婦的等身插畫看板，以便客人在簽到後，能自由拍紀念照。會是一幅大作品啊，千尋雖然這麼想，不過能用製作費自由發揮，讓她單純地感到興奮。

她在買來的三合板畫好草稿，開始用油漆上色的時候，國中生二人組也舉手表示希望幫忙，於是便由千尋主導，兩人遵循千尋的指示。千尋回想起以前文化祭的時候，也是像這樣的感覺。她慢慢找回當年樂在其中的感覺。

上色告一段落之後，千尋拜託父親裁切。興趣是在週末做點木工的父親，幹勁十足地展現自己使用電鋸的功力。

新人夫婦開小貨車，一起到國中拿迎賓畫的時候，千尋永遠忘不掉新娘當時哭成一團的笑臉。

「眞的是太棒了！超乎想像！眞的太感謝了！」

沒什麼大不了的——千尋已經不再這麼想了，因爲眼前的人確實爲了自己的作品感到如此開心。此刻的千尋終於明白，如果否定這點，對對方就太過失禮了。

「咱果然想成爲像千尋這樣的人。」

身爲參與製作的工作人員，也一同在場的美穗子如此低語，隨後又慌張改口「像千尋學姊這樣的人」。她認眞地一一記住被千尋提醒過的各種細微小事。這份直率，如今讓千尋覺得無比可愛。

「妳如果想認眞學，我可以教妳。不過表現不好的話，我就會明確地說不好。即使如此，妳也有自信能跟上嗎？」

千尋開始想要正面回應對方的熱忱。爺爺雖然是言詞嚴厲的人，但那是因為他認真面對他人，所言字字真心的關係。而且爺爺是一個對自己更為嚴格的人，所以千尋才能信賴爺爺的話。

「沒問題，萬事拜託了！」

見美穗子如此回應，一旁的彩夏也嚷嚷著「太狡猾了，我也要！」她的輕率態度，已經不如之前那樣，讓千尋感到煩躁。

千尋最先指導兩人的，就是要將學到的東西，好好作筆記紀錄下來。

這是對花時間指導自己的人的禮貌，同時因為大多數人都很難光聽一遍就理解並活用。遇到挫折時，就要一再回顧當時的教誨，等到終於能有體悟時，才能繼續前進。作筆記就是為了提供體悟的契機。

千尋一如宣言，對於畫得不好的作品，就會一五一十如實評論。只是除了批評，她也不忘指點改進的方法。她也會冷靜選擇用詞，避免不小心傷到對方。經過這樣，千尋才發現這多麼困難。不論是說得太過頭，還是說得太含蓄，都達不到效果。此外，隨著說話對象不同，正確答案也會有所不同。

例如美穗子會把千尋的話看得太重，只要千尋言詞一重，她就會繃緊肩膀；相對地，彩夏過於樂天，不把話說清楚，她就會只保留誇獎，無法在下一次的經驗中學以致用。

——千尋深深體會到正確的「指導」有多艱難，同時第一次思考起，教師是多麼辛苦的職業。教師要面對數百名學生，並讓學生們在短短時間內有所成長。說話太尖刻會被討厭，太溫柔又可能會被輕視。為什麼教師們能一直做這種工作呢？千尋不禁疑問。

在暑假結束前的尾聲，千尋親身體會到這個問題的答案。

美穗子和彩夏的素描。

千尋將她們第一天畫的自畫像，以及一個月後畫的素描，貼在黑板上並列。

顯而易見的差距被用力地擺在眼前。

「哇啊，這也太教人臊得慌了！」

發出大叫的彩夏把第一天畫的素描從黑板上扯下來。美穗子則冷靜地教誨她「要好好面對現實喔」。兩人反應雖然截然不同，不過千尋認為不論是下意識地想要藏起來，或是職麵現實，兩邊都是正確的。兩人此刻都真實感受到自己的成長。

自己想要做的事，說不定就是這個。

千尋雖然喜歡畫圖，但一直難以想像自己僅以繪圖為業，一展鴻圖的未來。如果加上「教學」這項行為，也許就能活用至今為止學到的一切。

千尋突然覺得眼前一片豁然開朗。長久以來，千尋都是看著腳邊往上爬，忽然轉換視野之後，眼前展現出一片全新的景色。

「我能畫得比推薦入學的人還好嗎？」

美穗子喃喃低語。與先前相比，顯得更爲嚴肅的聲音，在教室中回響。想必是在看到自己的成長幅度之後，注意到過去的自己畫得有多糟，明白自己有多單純。

千尋想了一下該怎麼說，然後說出以前說過的話。

「推薦入學其實幾乎都是看運氣，所以很難說……不過至少妳現在已經畫得比一個月前還好，唯獨這點是千眞萬確的。」

這番話讓美穗子赫然抬頭，注視千尋的臉。考試就是與他人的競賽，不管自己畫得多差，只要其他人畫得更糟糕，依舊可能得到錄取。不過這樣又有什麼意義呢？千尋思考。考取星華並非終點，考取星華，在那裡學習繪畫，並思考自己將來才是目的所在。與其祈禱其他人比自己差，不如努力讓自己比昨天更進步一些。這麼做才更有意義，同時也比什麼都來得重要。

「我現在教的是素描的基礎，是爲了進美術專科的練習。因爲不是自己想畫的東西，所以可能會有點難熬，但今後畫畫時，一定能有幫助。只不過如果眞的撐不下去，也請不要討厭畫畫。因爲是考試，所以一定會被拿來和他人做比較。但是畫圖這件事，並不是爲了得到他人的讚賞。只是單純覺得畫圖很開心才畫圖，這樣就夠了。」

當然啦，就是因爲開心才畫嘛，彩夏笑了起來。在她一旁的美穗子呆然站立，咕地一聲喉頭細微的呑嚥聲傳進千尋耳中。只見美穗子抬頭望著自己的雙眼盈眶熱淚，讓千尋也不禁紅了眼眶。找不到其他話語的她，用力揉了揉美穗子的頭。

美穗子和千尋很像。

個性認眞，不知變通，至今從未經歷過像樣的挫折。會爲了目的而努力，但無法只抱著嘗鮮的輕鬆心情出手嘗試新事物。一旦開始就要堅持到最後，絕對不能中途放棄。千尋對於美穗子的想法簡直瞭若指掌。

「哎——美穗子怎麼了？妳怎地哭了？」

彩夏不知所措地摟住美穗子肩膀，遞出手帕。美穗子則回她「我沒事」。不像這樣故作堅強，就無法繼續前進的地方，千尋也很清楚。

「好了，回家吧。今天我買個便利商店的冰請妳們好了。」

千尋故作輕快地說道，眞的嗎？彩夏立刻答話。

「那咱要吃哈根達斯的香草口味！」

「我說，這種時候應該要稍微客氣一點……」

帶著自己的東西離開教室時，千尋以前畫的自畫像映入她的眼中。哎，畫得眞差，千尋露出苦笑。現在的自己已經畫得比當時更好，這三年並非虛度光陰。千尋如此告訴自己，關上教室的門。

——如果有一天，能在這裡當美術老師。

不是後悔爲何生在這個村子，而是慶幸此處是自己故鄉——千尋想讓人有這樣的想法。爲此，她開始萌生想以全新心情，在村裡生活的想法。

❀

待在家裡的期間，千尋接到好幾通學妹打來的電話。每當父親揶揄「眞受歡迎呀」，千尋就會瞪他一眼。不過兩人關係已經不像之前疏遠，即使爺爺去世，父女關係也能正常運作。

電話的內容各形各色，從「腳傷的情況如何？」的慰問，到「什麼時候回宿舍？」的詢問都有，不過回宿舍幾天前接到的電話，則稍有不同。

「又有人被石橋老師害得休學了。」

電話另一端的學妹難掩憤慨的樣子。一口氣說出這句話。千尋握著話筒的手一片濕冷。千尋學姊？電話另一頭傳來詢問聲，千尋連忙回她「抱歉，妳繼續說」。

如果是以前的自己，說不定會覺得無法接受批評的人太嬌生慣養，然而現在她能體會那份痛苦的心情。即使如此，千尋也無法說全都是老師太過分。兩邊的心情她都能理解，所以才說不出任何一句話。

「當然，老師說的話也許沒有錯，不過難道就不能換個說話方式嗎？去年星野學姊也因此休學了，他這樣根本沒反省吧？」

——星野惠美，千尋記得她應該是叫這個名字。同時，她想過的一個假說也浮上心頭。

「而且石橋老師對星野學姊那麼過分，對妹妹卻那麼溫柔，不過得很奇怪嗎？這是罪惡感作祟之類的嗎？」

「……星野同學的妹妹，是說誰？」

千尋爲了確認詢問，電話另一端屏住呼吸。

「就是千尋學姊的『孩子』呀！星野眞琴！學姊不知道嗎？」

果然，千尋心想。

❀

「眞琴正義感很強，一定無法原諒我做過的那些事吧。」

學生會室的窗戶全部關緊，拉起窗簾。燈光只開一半。門則是鎖著的，沒人可以進來。明明知道這些，做壞事的時候，即使是細微聲響，也讓人比平常更為驚嚇。更別說，學生會室就在美術教室的正下方。每當頭上傳來學生——以及石橋的聲音時，眞琴都會肩膀一抖。距離兩人開始使用學生會室，已經過了兩個月有餘，眞琴仍然無法習慣。簡直就像遭到排斥，說妳的安身之處不是這裡一樣。

眞琴在櫻子的詢問下，停下手的動作，望向時鐘。雖然沒什麼進度，不過時間已經過了三十分鐘。

「要稍微休息一下嗎？」

面對眞琴的提議，櫻子點頭，坐上椅子。眞琴也調整坐姿，嘆了一口氣。她沒回答櫻子的問題，而是反問：

「妳為什麼要做那些事呢？」

被這麼反問，櫻子微微偏頭，思考了一會。「……我想，應該是對自己缺乏自信。」她用幾乎聽不見的聲音低語，臉上的表情宛如希望已離她而去，讓眞琴心中泛起櫻子彷彿會就此靜止的不安。

「開始變冷了，穿上這個吧。妳臉色不太好。」

眞琴邊這麼說，遞出自己的針織外套。謝謝，櫻子老實地接過披上。十一月已經過了一半，距離期限只剩兩週。事前的籌備工作已經接近完成，剩下的就只有布下陷阱，以及等待爆發而已。儘管如此，隨著計畫的進行，眞琴心中的疑問愈滾愈大。

——自己做的事情，眞的是正確的嗎？

這兩個月期間，眞琴雖然與櫻子擁有共同的祕密，卻沒說幾句話。不過光是在一起，眞琴就感受到「星華女神的女兒」這個稱呼，與櫻子格格不入的違和感——她壓倒性地缺乏自我肯定感。

對不起，還好嗎？這樣可以嗎？即使只是瑣碎的小事，櫻子也會像這樣一一窺探眞琴的臉色，簡直就像那隻出入宿舍的黑貓。眞琴偶爾在走廊與玄關遇到那隻貓的時候，牠一見到人，就會誇張地彈跳起來，或是像石頭一樣僵在原地——彷彿所有人類都是會傷害牠的存在。

然而櫻子只要從學生會室踏出一步，沐浴在他人的目光之下，就會變成擁有同一張臉的不同人。她在食堂立於眾多學生面前，爲連日的事件感到悲痛，但仍高聲表示對大家抱持信心的時候，看起來簡直就像是眞心如此希望。又有誰會想到，她其實就是犯人。

她爲什麼想向母親復仇？她的身上發生了什麼事？眞琴自然不是不在意這些問題。如果櫻子願意說出來，眞琴打算承受她的一切。不過若是由眞琴主動出擊，追根究柢地追問櫻子，感覺會讓櫻子更進一步崩潰，所以眞琴才躊躇。

「那張畫是誰畫的？」

難耐沉默的眞琴指向掛在牆上的畫，圖中四名穿著星華制服的女學生，朝著畫面露出笑容。

「好像是美術專科剛成立時的老師畫的，這四位據說是當時的學生會委員。」

「原來如此。」

畫中的少女們不知爲了什麼而開懷大笑。眞琴試著回想自己近一年以來，是否曾經像這樣大笑，但想不到。她尋思計畫成功後是否就能重拾笑容，但沒有答案。

「差不多可以繼續了嗎？」

眞琴開口提議。「那就開始吧。」櫻子脫下針織外套，遞還給眞琴。

「謝謝。」

眞琴接過針織外套，難以忍受地別開視線。

——自己眞的是正確的嗎？

❀

不久前還飄舞著櫻花花瓣的停車場，落下了初雪。山上的冬天十分嚴酷。

學校有一條不成文的規定，只有下雪的時候，才准學生穿規定的針織外套以外的衣服去學校，如便服的長袖套頭T恤或外套。

「就算是沒下雪的時候，也是夠冷的說。」

千尋喃喃說道。她身上套著灰色的連帽T恤，不過背上卻印著白雪公主的圖案。和平常不太一樣的少女風款式，讓人覺得有點違和感。

「千尋學姊，妳爲什麼帶傘呀——」

走出停車場前往學校時，從宿舍的四樓傳來女生尖細的聲音。千尋頭也不回地抬起手，朗聲回應「因爲可能會下雪啊——」光是這樣，就又是一片歡聲響起。

暑假結束之後見到千尋，眞琴只覺得她身上的氣氛變得比以前柔和。之前秉持著「母親」或美術專科學姊的身分，對眞琴生活百般嘮叨的行爲也不再出現，眞琴也不再看到她和石橋說話。

自從新學期開始，眞琴就爲了迎接這一天而做好各種準備，一切都是爲了復仇。然而眞琴的決心，卻在周圍變化的影響下，彷彿有所動搖。每當心意動搖的時候，眞琴就會想起姊姊的下場，以及此刻缺席的日向子來激勵自己。

休業式的前一周，美術專科的作品會在山腳的美術館展出。

「星華美術專科成果發表展」。

學生要在一年間畫的作品中，展出自己選出的最佳作品。今天是將作品搬入會場的日子。美術專科以外的學生，都因爲今天是睽違一個月的周六自由活動日，整間宿舍沉浸在歡欣快活的氣氛裡。

爲了幫忙展覽，星華校友會的家長們也會到場幫忙，眞琴也下定決心進行計畫。

眞琴從美術教室帶著已經打包好的作品前往停車場。「小心別弄濕了喔！」石橋扯著嗓子提醒大家。眞琴更是格外小心，拿著自己的作品走下階梯。

「千尋學姊爲什麼要放棄考東京的大學呀？」

一名女生語帶鼻音地問，只聽眞琴背後傳來千尋沉聲思考的聲音。千尋決定將志願校改爲縣內大學一事，就連眞琴也略有耳聞。可見這件事在美術專科的學生之間是何等大事。眞琴雖然沒打算聽她們的對話，不過聽覺卻敏銳無比，彷彿所有神經都集中在耳朵一樣。

「妳喜歡石橋老師嗎？」

千尋毫無脈絡地這麼問。對方也「咦——？」地一聲，笑著露出困惑的模樣。

「哎，美術專科的學生當中，應該沒人會喜歡石橋吧。就連我大概都對老師不太行。不討老師歡心，就沒辦法在這裡混下去，所以我一直這麼做，但我最近終於覺得一切都很可笑，心想『啊——自己絕對不想成爲這種老師』，所以我才打算當美術老師。我想當和石橋完全相反的老師，一個能讓人覺得畫畫很有趣的老師。我家鄉那邊眞的很鄉下，根本沒有能像這裡一樣，教人怎麼畫素描的繪畫班，害我當初要爲推薦入學準備的時候，眞的傷透了腦筋。所以我想一邊上大學，一邊趁長假的時候，在家鄉舉辦工作坊之類的。妳不覺得這個主意不錯嗎？」

眞琴差點以爲自己的呼吸要停了，不是誇大的說法，而是她實際的確如此。

眞琴頭一次發覺，原來還有這樣的方法。不論對誰說，想必都會令人拍手叫好。沒想到竟然有如此耀眼的復仇方式。

「怎麼樣？眞琴也覺得不錯吧？」

眞琴從身後被千尋摟住肩頭，慌亂了一下。

「別這樣，要是害我把作品摔到地上怎麼辦。」

光是揮開千尋的手臂，就已經是眞琴的極限。自己果然做錯了，遲來的後悔襲上眞琴心頭，然而事到如今，已經無法回頭了。在得到櫻子協助的當下，這場復仇就已經變成兩人共同擁有的東西。

「兩人一組小心搬運！避免撞到牆壁或地板留下痕跡，不要造成人家困擾！」

千尋站在停靠在搬運入口處的貨車前發號施令。從巴士下來的學生們則從貨架上接過作品，搬運到會場。包在裱框作品外的報紙上，寫著作者姓名及陳列展示的房間，即使不是作者本人來處理也沒有問題，搬運十分順利。這一點是千尋汲取去年經驗，特別提出的做法。以前學生們都圍在貨車旁，光是等著拿到自己的作品，就花了大量時間。拜此之賜，眞琴才能策畫出這次的計畫——作品在抵達會場前，不能被任何人看到。

將作品運送到展示室的途中，眞琴在設置服務處的家長中，見到櫻子母親的身影。她正拿著自己準備的大型蝴蝶蘭盆栽，向圍在身邊的友人們吹噓。她高亢的聲音響徹挑高的房間，強調著自己的存在感。

「那個大嬸也太吵了吧？」

眞琴尋思，竊竊低語討論的學生們不知是否知道，那個人就是「星華女神」。因爲沒什麼興趣，眞琴直到櫻子拿照片給自己看之前，她都不知道被捧得有如傳說的「星華女神」長成什麼樣子。

——如果家母來找妳抗議，請妳說是我想請妳畫的，堅持這個說法。

這麼說的櫻子打開手機，讓眞琴看了照片。櫻子竟然違背宿舍的規則帶著手機，讓眞琴吃了一驚。「這是家母硬要我帶在身上的。」櫻子苦笑著。從她口中描述出來的母親實在太過惡劣，難以相信這種人存在。不過看到本尊之後，眞琴領悟一切都是眞的。

如果對象是那個人，自然讓人不惜一切代價都想逃走。

眞琴在貨車與館內之間往返數次，確認貨架上面已空，便動身前往自己作品所在的展示室。布置隔板的小組依據平面圖完成會場布置之後，大家就要幫忙調整燈光，拆開包裝，各自擺設自己的作品。眞琴從口袋中，取出事前發下來的作品說明牌。

維納斯像　星野眞琴

眞琴注視著寫在泡棉板說明牌上的文字。標題完全沒問題，作品確實是「維納斯」。

空閒的家長們和石橋一起走進展示室的身影進入眞琴視野，與美術館氛圍不符的高亢嗓音一併傳入耳中。要做就趁現在，眞琴下定決心，拆開作品的包裝，然而——

「不對……」

眞琴看著畫作，不禁喃喃出聲。

報紙下是眞琴所畫的「米羅的維納斯（Venus de Milo）」木炭素描，但這張畫並非她原本準備好要布置在這裡的作品。

❀

——毀掉石橋最重要的東西。

也就是拉低星華高等學校美術專科的評價，毀掉石橋的容身之處，而且必須是能一舉改變情勢，讓石橋的地位瞬間跌落谷底的事情。

要毀掉學校的名聲，最好是在有外人在場的地方，於是眞琴想到成果發表展。她聽說家長會的人們也會當志工，參與展覽籌備。

該引起什麼騷動呢，眞琴思索後的答案是：畫出會引發問題的畫，展示給大家看。

讓家長們一陣譁然的爭議作品。

此時眞琴想起來，升上三年級之後，美術專科學生會畫到人體素描，也就是裸體素描。儘管學校會聘請專業模特兒，不過眞琴聽說仍有家長表示抗議，認爲這麼做有問題。

就畫自己的裸體畫吧。

此時此刻，正是自己的畫技派上用場的時候，眞琴爲此全身顫抖。這是只有自己才能做到的復仇。

如此一來，絕對會造成騷動。與此同時，如果身爲模特兒的眞琴表示石橋已經看過，確實給予「指導」，並「提供意見」，這件事一定會變成醜聞。在如此封閉的女校中，男性教師看過女學生的裸體，卻未加以指責的話，一定成爲大問題。

爲此，自己需要能夠作畫的地方，一個到成果發表展前都不會被人發現的地方。

就在這個時候，眞琴目擊到櫻子弄髒衣物的場面。

她當下想到學生會室。

眞琴把櫻子叫到頂樓，拜託她讓自己在不被發現的情況下，獨自使用學生會室。

「妳到底打算做什麼？」

被櫻子這麼一問，眞琴短暫猶豫之後，還是做好覺悟回答。

「……我要畫自己的裸體畫，在發表展上展出。我想在發表展上引起騷動。我需要一個不會被任何人發現的地方。不過山上沒什麼自由的地方，但鑰匙在妳手上的學生會室就另當別論了。」

櫻子臉色大變地反對，簡直就像在操心自己的事，擔心這個方法會傷到眞琴。眞是個溫柔的人，眞琴心想，不過她不會改變主意。

「我明白了，我會協助妳……不過我有個更好的主意。」

櫻子輕輕湊向眞琴，在她耳邊低語。

「畫我的裸體畫吧。」

櫻子身體遠離的瞬間，飄來宛如花香的芬芳香氣。眞琴想像起她衣服底下的樣子，不禁赫然一驚。妳認眞的嗎？眞琴失去冷靜地質問。當然了，櫻子回答，唇邊隱約帶笑。

「我也有想要復仇的對象……就是家母。」

櫻子更進一步說服眞琴似地說下去。

學生會室有兩個鑰匙，一個在櫻子手上，另一個則在教職員辦公室。如果老師出現，而房間內只有眞琴在畫畫，就會說不過去。只要問到眞琴是怎麼進學生會室，就一定會牽扯到櫻子。既然如此，不如一開始就說是「櫻子拜託眞琴作畫」還比較好，櫻子表示她可以自行負責。

「而且比起看了美術專科學生的裸體畫，讓毫無關係的學生當模特兒，衝擊力道應該比較強吧。」

「妳眞的明白嗎？這可是裸體畫喔？我要在發表展上公開在大家面前喔？我可沒打算要畫成藝術作品。我畫出來只是爲了拿來當人話柄喔？」

「我知道。我就是知道，才想請妳這麼做。」

眞琴多次確認，確定櫻子確實是希望自己這麼做，才終於接受。

作畫時間爲放學後一小時。

兩人必須避開學生會集會的星期一，而且也不能花太長時間。時間一長就可能被人發現，此外眞琴自己也還有作業。

當時的作業題目剛好是米羅維納斯的石膏像素描，眞琴自己也覺得像奇蹟一樣。她告訴石橋，自己打算以這張圖當展出作品，繪製時格外賣力。所有展出作品都要經過石橋的審查，通過的話，成果展冊子和作品說明牌上就會記載著「維納斯像　星野眞琴」。

記載著「維納斯像」的發表會冊子和作品說明牌是不可或缺的東西——爲了讓石橋看過櫻子的裸體畫變成既成事實，作品標題和畫必須一致。

「妳眞的選這個就好了嗎？妳在夏季合宿集訓的風景畫也畫得不錯吧？畫布尺寸也是那幅畫比較大，又是彩色作品，在會場上也比較顯眼。」

石橋在美術準備教室看過眞琴的素描後，筆直投來的視線，讓眞琴頭一次別開視線。她從他的目光，逃向素描。

「因爲這張圖畫得比較投入，我覺得畫得比較好。」

眞琴的聲音因爲緊張而拔高，臉頰感受得到石橋灼人的視線……要被看穿了。正當眞琴開口打算說點什麼的時候……

「……妳不是顧慮立花日向子，才說要選這吧？」

「咦？」

聽到出乎意料的名字，眞琴楞然回問。

「不，沒事。妳說要選這張是吧。」

「是的。」

石橋在桌上的名簿，粗魯地寫上「維納斯像　星野眞琴」。

一切都順利進行，剩下只需作畫而已。

儘管身處密室，櫻子仍在學校這個公共場所，毫不猶豫地脫下上衣，卸下胸罩，像維納斯像一樣，用布料纏在腰間，一如指示地偏著頭，視線看向眞琴。

眞琴難以集中。

至今爲止，不論多麼生氣，眞琴一旦面對主題，就會在不知不覺之中，變得滿腦子都在想如何表現，然而這次卻做不到。該怎麼畫，才能讓看到的人感到錯愕吃驚？怎麼樣的畫，才能讓石橋遭受大量批評？眞琴愈想，腦海中就會浮現一個問題。

——讓櫻子遭受世人目光批評，眞的好嗎？

眞琴直到最後都沒有解答。

所以……

「眞琴！趕快把自己的畫掛上去，把拆掉的包裝丟去資源回收！」

在千尋的吆喝下，眞琴才回過神。周圍的人已經將自己的作品掛到牆上，貼上作品說明牌，開始互相品評。眞琴也迅速將作品掛上牆壁。

「這可眞是畫得不錯啊。」

石橋的聲音從背後傳來。眞琴感到心臟跳動的聲音加快。

「哎呀，眞厲害！高中生竟然能畫出這樣的畫！」

這次是櫻子母親的聲音。眞琴緊握成拳的手中滿是汗水。

此刻掛在這裡的畫是米羅的維納斯像，眞是太好了。

——話說回來。

櫻子的裸體畫究竟去哪裡了？

畫此刻究竟在哪裡？

究竟是誰，又是爲了什麼，替換了兩張畫呢？

❀

櫻子偷偷瞥向掛在牆壁上的時鐘，上面顯示著十一點半。作品搬運應該已經結束了，或是其實還沒呢？

宿舍內相當安靜。美術專科的學生都去準備發表展了，其他學生也因爲難得的自由時間，不少人申請外出去商業區。留在宿舍的學生只有半數左右，其中大多都是身爲考生的三年級生。不過一年級的茜也沒申請外出，而是留在櫻之間做功課。

櫻子從裙子口袋中，稍微拿出手機確認——沒有母親的來電。畫應該還沒掛上去。要是母親看到畫，絕對會怒不可遏，馬上聯絡櫻子才對。想到那一瞬間，櫻子的身體就一陣發抖。

在當模特兒的時候，櫻子完全不看畫布，因爲她沒自信自己不會出口喊停。明明是自己的提案，自然不能因爲自己的任性而中止計畫。

搬運作品的前一天，在包裝之前，櫻子第一次看了畫。畫上是櫻子不知道的自己。

——眞琴眞的好厲害。

說出這一句話，就已經是櫻子的極限。一想到這張畫要沐浴在無數人的目光之下，以及想像到母親見到這張畫的反應——櫻子就想要大喊出聲。

母親會勃然大怒到什麼程度呢。

不停打電話給櫻子，逼近眞琴追問，對老師破口大罵，最後拉開這扇房門，一巴掌搧向櫻子的臉頰。

——要是沒生下妳就好了！

……疼痛彷彿在臉頰上擴散。櫻子摀著臉，發出嘆息。到了這個地步，櫻子才發現自己還是渴望能得到母親的愛。這個計畫明明是爲了讓母親厭惡自己，使她放棄自己，好讓櫻子藉此逃離，結果她卻仍舊希望母親不要討厭自己。爲什麼無法完全憎恨母親呢，櫻子想著。

櫻子看向時鐘，十一點四十五分，時間應該差不多了。

「櫻子學姊。」

櫻子回頭，茜正筆直地注視著自己。

「櫻子學姊的畫不會展示出來，畫在別的地方。」

櫻子的呼吸哽住。不成聲的聲音，從喉嚨嘶嘶作響。

「……我也知道學姊就是一連串事件的犯人。沒事的，我並沒生氣。所以請妳告訴我，到底發生了什麼事。」

——爲什麼？爲什麼爲什麼爲什麼？

櫻子的腦袋中，不停重覆同一個句子。

爲什麼不生氣呢？

要是母親的話，她絕對不會原諒我的。

終章

❀

櫻子的狀況很奇怪。

暑假結束後，茜一回到宿舍，就有這樣的感覺。

總是面露微笑，投以溫柔目光的她，偶爾會在一瞬之間，變得面無表情。臉上浮現疲憊神色。簡直判若兩人的櫻子，讓茜不知所措，還曾經爲此向班上同學商量。不過注意到的人似乎只有茜。

「茜眞的老是在擔心櫻子學姊的事情！難道不是愛上櫻子學姊了嗎——？」

茜老是被這麼調侃，問題毫無進展。

宿舍開始發生一連串瑣碎事件，也差不多是這個時候。

茜的班上也有三名被害者，她們聲稱「知道犯人是誰了」，把茜叫到走廊。

「絕對是朝子學姊啦。」

充滿自信的說法，讓茜詢問她們爲什麼會這麼篤定。

「我們調查過了，遭到被害的人，全都有買土產給櫻子學姊。她一定是無法忍受自己以外的人親近櫻子學姊。」

「茜也小心一點比較好，妳不是差點被朝子學姊誣陷成犯人嗎？就是千尋學姊的畫被撕破的那一次。那次是櫻子學姊替妳出面，所以後來沒事。這一次想必也是朝子學姊是犯人，最終要設計妳，誣陷妳就是犯人。絕對是這樣！」

「妳小心一下就是了，那個人很死纏爛打的。」

一開始茜率直地相信了她們的推理。原來如此，茜確實覺得這樣很合理。當初朝子被茜害得在眾人面前出了醜，就算她想報復也不足以爲奇。

不過下一個受害的正是朝子。

理應晾在竿上的衣物被塞回洗衣機，茜在晚餐的時候，聽到她如此嚷嚷著抱怨。不覺得很過分嗎？她這麼向櫻子哭訴。

「絕對是煙霧彈，其他人的衣服都是被弄得髒兮兮的，只有她的衣服是被丟回洗衣機，太奇怪了。她一定是想要櫻子學姊替她說話。」

同學對茜低語後，回到自己的桌子。

「洗好的衣服被丟回了洗衣機嗎？」

櫻子吃驚地回問。

「就是說啊！學姊不覺得很過分嗎？明明差不多快乾了，惡作劇也要有個限度啊！」

眞是辛苦了，櫻子出言勸慰朝子，不過表情很明顯不太自然。

剛才櫻子的強烈語氣，彷彿在說怎麼可能有這種事情。

櫻子爲什麼會那麼吃驚呢？宿舍的每個人都認爲自己可能是下一個被害人，就算輪到朝子，也絲毫不足爲奇。

那麼讓櫻子吃驚的，說不定並不是朝子遭到被害。

她是對洗好的衣服被放回洗衣機感到吃驚。

茜想起同學的話。

——其他人的衣服都是被弄得髒兮兮的。

櫻子是因爲應該被弄髒的衣服，卻出現在洗衣機裡而感到吃驚。她爲什麼會知道衣服曾經被弄髒？

茜推導出一個答案。

如果是這個答案，就能說明爲何被害者全都是給櫻子土產的人。即便是朝子，也不可能知道給土產的每一個人。就連同寢室的茜，也不知道到底有多少人遞土產給櫻子。

——不過如果是收到土產的本人，就另當別論了。

這個想法浮現腦中，但茜馬上搖搖頭。不可能，櫻子學姊才不可能做出這種事。

蒐集情報也許就能證明櫻子的清白，於是茜向被害者問話，請她們讓自己看收到的惡作劇信。

眞琴去社團活動，櫻子和千尋去參加學生會集會的時候，茜獨自待在櫻之間。

這是爲了洗刷櫻子的嫌疑。

茜這麼告訴自己，打開櫻子床下印著花朵圖案的盒子。裡面是堆得高高的愛慕信和土產。茜撥開這些東西，往下挖。

映入眼簾的是茜紅色的信箋組。

和茜以及其他人收到的惡作劇信一樣。

茜連忙將東西恢復原狀，深深吸一口氣。深感難以置信的茜，無法繼續保持平常心，在紛亂的思緒下奔出房間。簡直不可能，但是情況在在指名櫻子就是犯人。正是因爲茜平常就在觀察櫻子的一舉一動，她才知道櫻子確實就是犯人，而且櫻子正在爲此所苦。

茜走出宿舍，只見謝利就坐在長椅上。牠一注意到茜就馬上起身，消失在樹林之中。眞是冷淡的傢伙，茜忍著眼眶中的淚水，低聲嘟噥。你也是被櫻子學姊搭救，別這樣翻臉無情——我可不一樣。

我很清楚，自己現在能待在這裡，全都是拜櫻子學姊所賜，茜在心中暗自說道。

櫻子和千尋正朝這裡走來的身影映入茜的眼中，兩人也注意到茜，朝這邊揮了揮手。櫻子正在微笑。

自己必須守護這一切。

守護她的笑容。

守護現在這份舒適的關係。

茜不想引起騷動。

她絕對不能讓周圍的人，注意到櫻子就是犯人。

「茜，我回來了。」

對著奔向自己的櫻子，茜用若無其事的樣子，揚笑對著她說：歡迎回來。

茜的家就只有這裡，她不希望破壞這一切。

〈學姊最近臉色看起來好像有點疲憊，發生什麼事了嗎？〉

茜多次詢問櫻子。如果她能告訴我一切——茜在內心暗自祈願，然而櫻子永遠只是含笑，告訴她也許只是準備考試的壓力。

茜暗地裡監視著櫻子。

她不想在眾人面前揭露櫻子就是犯人，但也不想就這樣放著不管，任由櫻子一再犯下罪行。茜不希望櫻子再繼續這樣傷害自己。

只要她做出和至今爲止不同的行動——例如在熄燈前突然離開房間，或是在去學校的路上，突然回去拿忘記的東西——茜就會悄悄跟在她的身後。

茜第一次目擊到櫻子將鞋櫃中的拖鞋，丟進垃圾桶的場面。當時櫻子臉上的表情，讓茜難以忘懷。

明明做出傷害他人舉動的是她，然而她的臉上卻因痛苦而扭曲，彷彿身體正遭到千刀萬剮。她帶著一臉宛如泫然欲泣的小孩表情，凝視著垃圾桶。

——到底發生了什麼事？妳爲什麼要做出這些事情？

茜沒有勇氣問出這些問題，只能在櫻子離去之後，悄悄把垃圾桶中的拖鞋放回鞋櫃。之後，每當茜逮著櫻子犯罪，她就會將櫻子做的事情一一恢復原狀。這是她給櫻子的訊息：

——已經有人注意到妳的行爲了，請妳停止吧。

隔了一週，櫻子的樣子又起了變化。

她和至今爲止毫無交集的眞琴，開始一起行動。讓茜忍不住揣測，其實是眞琴因爲某些理由，唆使櫻子做出那些犯行。因爲不這麼解釋的話，事情根本說不通。

三年級生的教室就隔著連絡走廊，位於一年級教室的正對面。茜一直盯著櫻子的教室。下課後，她永遠第一個衝出教室，跟著櫻子後面，才終於看到眞琴和櫻子消失在學生會室中的身影。

自己簡直就像跟蹤狂，茜自己也忍不住這麼想。即使如此，茜仍無法停止這麼做。她每天在責任感和罪惡感的夾攻下，尾隨在櫻子身後。這麼做的收穫是得知她們兩人只會在週二到週五期間，在學生會室待一小時，之後眞琴就會去美術教室，櫻子則回到宿舍。

她們到底在哪裡做什麼呢？

茜難以想像，但一定不是什麼好事。那麼自己究竟該怎麼辦才好呢？即使在苦思冥想中，茜的視線依舊追隨著櫻子。只是她的視線實在太過明顯，讓周圍的人都忍不住吐槽「妳盯櫻子學姊盯得太明顯了」。再進一步的行爲，可能反而會讓周圍察覺櫻子就是犯人。正當茜這麼想的時候——

〈雖然可能有點多管閒事，不過我希望妳能收下這些。〉

櫻子遞出的是獎助學金制度的資料，那是她爲了茜一人而蒐集的資料。這麼溫柔的人，究竟爲什麼會做出那些事？難以按捺的情緒溢出。

如果櫻子學姊遇到什麼危難——就換我來全力幫助學姊。

明天放學後，去學生會室一趟吧，茜決定從正面進攻。不論那裡發生什麼，茜都不再卻步。

就在茜下定決心的當晚，櫻子和眞琴都不在的時候，千尋偷偷地詢問茜。

〈……這麼問有點奇怪，不過最近眞琴有沒有哪裡怪怪的？〉

原本一片白淨的四方形房間，一點一滴地轉變成展覽會會場。千尋每年都很喜歡欣賞這片景象。全身的血液就像祭典開始前一般沸騰，腳步毫無理由地輕快起來。

……自己以前竟然以爲所有人都抱著和自己一樣的想法，實在是視野太狹隘了，千尋如今開始這麼想。

❀

「垃圾全部堆到貨車上帶回去。總之剛才的垃圾盡可能統統拿過來。」

千尋對眞琴這麼吩咐，她便老實應聲，提著四個垃圾袋，乖乖跟在千尋身後。其他學生都在老師的指示下，設置指示參觀方向的箭頭及橫幅布條。眞琴似乎並未注意到，只有自己被派來丟垃圾。每年的垃圾回收都是在場地布置結束，大家人手一袋地帶回去。

她們搭上貨運電梯，千尋面向眞琴。

「眞琴。」

「……什麼事？」

被千尋出聲一叫，眞琴才從思緒中回神似地赫然抬頭。

「妳原本帶來的那幅畫，我已經放回原本藏畫的地方了。」

「為什麼——」

發出聲音的瞬間，淚水從眞琴眼中奪眶而出。千尋幾乎下意識移開視線，但她仍直直注視著眞琴的雙眼。

「……把妳的才能用在那種事情上，實在太可惜了。」

❀

一旦得知眞琴就是休學同學的妹妹，千尋就覺得不對勁。

她以為惠美和她的家人應該都對石橋懷恨在心，至少絕對沒什麼好感。但是眞琴卻進了星華，而且還是和姊姊一樣的美術專科。難道父母不會反對嗎？千尋百思不得其解。

此外，一旦想起惠美，惠美的事情就一直掛在她的心上。

惠美現在在做什麼呢？究竟是什麼，把她逼到這個地步呢？千尋忍不住想知道這些問題的答案。

石橋的話固然沒錯，不過若是有人因此痛苦，而實際上也的確有學生休學，來不了學校的話，難道不應該改正教育方法嗎？

此外千尋不禁反思，自己說不定也是把惠美逼得休學的原因之一。她回想自己這幾年傲慢的態度，忍不住為了自己應負起的責任之深，感到血液從臉上褪去。

千尋在合作社買了樸素的信箋組，寫信給惠美。她許久不曾像這樣寫下自己想法，遲遲無法下筆，還寫壞好幾張信紙。她最後在公車站前的郵筒，投下花了一個小時寫的信。

〈下週六的十一點半，我會到妳家附近的車站。我們能談談嗎？〉

千尋與惠美並非特別親近，交情淡薄到先前甚至連名字都想不起來的程度。千尋既不知道她現在狀態，也不知道她對千尋到底抱有怎麼樣的想法。即使寄了信，千尋也無法保證惠美會不會讀信或應約前來。

儘管如此，千尋依舊照信上所說，在週六早晨踏出宿舍，搭上電車。隨著窗外的建築愈來愈高，天空的顏色暗了下來，一到目的地，外面已經開始下起暴雨。

千尋通過自動剪票口，就看到惠美的身影。跟最後相見的時候相比，她的體型顯得圓潤許多，不過千尋依舊一眼認出她。她穿著橫條紋的長版T恤，外頭搭著一件灰色連帽外套，右手上還拿著兩把傘。她大概是在意周圍，即使隔了一段距離，也能看得出她游移不定的視線。

「謝謝妳願意過來。」

千尋出聲說道，惠美微微搖頭。

「……謝謝妳寫信給我，我很高興。」

造成困擾。

聽到惠美這句話，千尋稍微鬆了一口氣。她原本最擔心的，就是自己的信是否對惠美

「這附近有可以坐下來好好聊的地方嗎？我想一邊吃午餐，一邊和妳談談。」

千尋望向車站外頭，外面正下著傾盆大雨，讓她猶豫起惠美能否在這般大雨中在外頭走動。畢竟千尋並不清楚惠美現在的身體狀況。

在惠美的提議之下，兩人走進車站一樓的咖啡店，在窗邊的沙發區落座，向前來點餐的服務生點了本日午間套餐。接下來就只剩談話了，千尋這還是第一次和惠美這樣兩人獨處。她姑且先拿起了裝著水的玻璃水杯潤喉。

「小眞她在宿舍過得還好嗎？」

惠美出乎意料地先一步開口。千尋花了一會時間，才領悟過來她以怯生生的語氣說出的「小眞」，就是眞琴。

「……嗯，我想她適應得還不錯。怎麼說呢，該說她是有膽量嗎？她遇事毫不退縮。啊，我現在是妳妹妹的『母親』。」

「原來是這樣，小眞她沒給妳添麻煩嗎？她有交到朋友嗎？她和其他人都處得還好，沒吵架嗎？」

「我想她應該有朋友，也沒特別和人吵架，雖然她那個性是挺狂妄的。聽說她甚至還

會頂撞石橋老師。」

千尋最後一句話原意是想開個玩笑，沒想到惠美忽然臉色一暗。

「……她有對石橋老師做什麼嗎？」

這個問題眞奇怪，千尋心中詫異，不禁皺起眉頭。一般來說，難道不是擔心石橋是否也對妹妹太過嚴厲嗎？

「我接下來要說的事可能有點怪，不過我認爲我想得應該沒錯……妳願意聽聽嗎？」

千尋點點頭。

「我想小眞一定是爲了替我復仇，才會進星華讀書。」

打在窗玻璃上的雨聲突然變大，惠美的聲音幾乎消失在雨聲之中。

「……究竟是怎麼一回事？」

千尋稍微往前傾身，認眞聆聽。

惠美彷彿覺得刺眼一般連連眨眼，然後繼續開口。

「那孩子從小時候，只要我一被人欺負，就會報復回去。她現在也是一樣，她討厭不正確的事情，只要認爲自己是對的，就絕對不會低頭。我沒她那麼堅強，一直很羨慕她。不過她有時會做錯事。」

「做錯事？」

「……她會為了陷害對方，捏造事實。」

惠美緘默片刻，沉痛地繼續說下去。

「小學的時候，我戴著眼鏡，結果有男生拿我取笑。老實說，我自己也覺得不好看，所以一被說醜女，就更加難過，馬上哭了出來。小眞她雖然還小，但馬上就衝向那個男生，不過終究還是不敵人家的力氣，最後我們兩個一起哭著回家。到家之前，小眞突然叫我把眼鏡借她，我就照她所說，把眼鏡拿給她。沒想到她突然把眼鏡摔到地上，用力踩踏。不但眼鏡鏡架歪了，鏡片也碎了，整支眼鏡變得破破爛爛的。在我追問她為什麼要這麼做之前，小眞笑了，她說這是那個男生做的。」

聽到這裡，千尋終於明白了。

「那孩子拿著壞掉的眼鏡，一走進家門就哇哇大哭，大喊『姊姊被人欺負了！』小眞平常很少哭，我父母自然就相信了。他們馬上到對方家裡說明經過，那個男生一開始還堅持自己沒做，不過後來又開始說自己雖然有說醜女，但沒弄壞眼鏡，前後顛三倒四的，最後他全都承認並道歉了。」

「妳妹妹就是想對石橋如法炮製？」

惠美明確地點頭。

「……我想那孩子知道，就算回家說被人罵醜女，我父母也只會要她別管人家，因為他們總是說別理笨蛋、別把自己降到和對方一樣水準。不過東西被弄壞的話，事情就另當別論了。她大概是明白這一點，出於本能這麼做……我想她這次大概又會故技重施。」

惠美一瞬間陷入沉默，然後再次開口。

「我想她大概想對石橋老師和千尋同學報復。」

自己的名字出乎意料地出現，讓千尋不禁吞了一口口水。

「我在寫給家人的信中，寫說石橋老師讓我怕得畫不出來，還有千尋同學嘲弄我之類……對不起，我不是眞心的。我很怕石橋老師，也對妳有著嫉妒，這些都是眞的。但我明白畫不出來都是我自己的問題，只是我不怪罪到誰身上，就沒辦法面對這一切。」

眼前再次低頭道歉的惠美，正是不久前的自己。千尋見到惠美從連帽外套隱約露出的白皙脖頸，不忍地別開視線。她在這個夏天期間，想必一步也未曾踏出家門。

「……我也能明白妳的那份心情。」

惠美赫然抬起頭。她的臉頰已被淚水濡濕，千尋輕輕遞出手帕。

「我最近也才遭到挫折，所以妳不用太在意。」

沒說出挫折對象就是妳妹妹，算是千尋小小的自尊心作祟。

「……讀到我的信時，小眞她對我父母大發脾氣，說爲什麼不去罵石橋老師。即使如此，我家父母也不爲所動。所以她一定是打算自己做點什麼……千尋同學有遇到什麼事嗎？我今天就是想問這個才來的。」

千尋立刻想起被撕成兩半的眞琴肖像畫，理應治好的腳傷彷彿又痛了起來。惠美察覺到千尋的反應，詢問：「果然有什麼事嗎？」

「……不，沒什麼大事，也不一定就是妳妹妹做的。」

惠美連連搖頭。

「那孩子一旦下定決心，就會貫徹到底。她以爲這樣才是正義。雖然我沒立場拜託妳這麼做，但是拜託妳，請妳阻止小眞。」

她再一次深深低下頭。

惠美一路送千尋到剪票口，並從自己帶的傘中遞出其中一把。

「雨下得突然，我想妳可能沒帶傘。」

她用剛才一直哭泣的紅腫雙眼看著千尋。

「下次見面的時候還妳。」

聽到千尋這麼回答，惠美又臉龐一皺，露出泫然欲泣的神情。

千尋踏進電車，宛如陷進座椅般坐上座位，環胸盤起雙手。不這麼做的話，千尋就難以掩飾此刻心中的動搖。她在腦中反芻先前從惠美口中得知的事情。尋思自己得採取措施才行，但不知如何下手。

回到宿舍用過晚餐後，千尋回到房間。房內沒有櫻子和眞琴的身影，只有茜獨自一人神情恍惚地坐在床沿。千尋以前常看到茜和櫻子待在一起，最近多見她獨自一人。

同樣是一年級生的話，也許茜會聽到一些千尋不知道的消息，千尋抱著這樣的想法出聲喚茜。

「……這麼問有點奇怪，不過最近眞琴有沒有哪裡怪怪的？」

茜陡然臉色一變。她平時情緒不明顯，千尋這還是頭一遭看到她露出這樣的表情。當初茜遭人懷疑，受到指控的時候，她看起來也幾乎毫無動搖，如今反應卻這麼大——千尋確信茜一定知道些什麼。

「沒事的，我絕對不會拿來做壞事。什麼小事都好，茜能告訴我嗎？」

「……子學姊……」

她用顫抖的聲音說道。

「咦？」

「她和櫻子學姊每天都會去學生會室。千尋學姊知道眞琴在做什麼嗎？」

茜用分不出是憤怒還是悲傷的嗓音，鏗鏘分明地這麼說。怎麼一回事？千尋詢問她，茜便一五一十地說出自己知道的事情。

櫻子就是一連串事件的犯人。

茜四處奔走補救。

眞琴和櫻子定期去學生會室。

兩人在學生會室做的事情依舊不明。

「還有週一的時候，她們兩人就不會去學生會室。」

茜補上一句。

「……週一有學生會的集會，她們是想避人耳目嗎？」

千尋自己說完之後，靈光一閃。

「下週一學生會的集會結束後，要一起去學生會室看看嗎？」

茜大點其頭。見到她的表情，千尋才明白茜顯然對這個提議期待已久。

「雖然可能什麼都找不到，不過總比什麼都不做好。」

學生會的集會結束後，櫻子鎖上房門。千尋表示自己還有社團活動，走向樓上的美術教室。從窗戶確認櫻子走向宿舍之後，千尋就到教職員辦公室，聲稱自己忘了東西，向老師商借學生會室的鑰匙。老師不疑有他，將萬能鑰匙借給千尋。

千尋去找在圖書室等待的茜，兩人一同進入學生會室。爲了避免途中有人進來，她們鎖上房門，拉起窗簾。

「我先前也在這裡，但可沒看到什麼奇怪的地方。」

千尋出聲埋怨，茜環視周圍一圈。

「但是她們確實在這裡進行某些事。」

「她們有拿著什麼東西嗎？還是都兩手空空？」

「……眞琴手上拿著這個大小的塑膠盒，我記得應該是黃色的。」

茜用雙手比出大約急救箱的大小。千尋也跟著比劃尺寸，然後想到一個可能。

「那個上面是不是有我們學校的校徽？」

茜看了看別在千尋制服衣領的徽章，然後點頭答是。

「那是美術專科用的素描工具箱……她是在這裡畫畫。」

注意到這一點，方才眼中的景色頓時變得截然不同。長桌的位置彷彿略微移位的違和感，落在地上的微量鉛筆屑，以及入學典禮時用的畫架。畫架當時是用來擺設海報，向新生們表示學生會室在這裡。

有了這些，就能在這裡作畫，不過是畫什麼呢？

「不過她每次除了工具箱以外，什麼都沒拿喔？她們出來的時候，我也看過了，從沒看過她們手上拿著畫。」

「也就是說，畫是藏在這裡的某個角落。」

兩人開始逐一翻找可能藏畫的地方。置物櫃、掃具櫃、講台下、長桌底下……不過都沒發現畫的蹤跡。畫有多大，實際上眞的存在嗎？毫無確信地搜索，簡直就像捕捉空氣。

千尋忽然抬頭，裝飾在牆上的畫進入眼中。她腦中想著：要用到畫架的話，應該差不多是那個尺寸……

千尋安靜地將鋼管椅子拉過來，穿著鞋子踏上去，拿起裱框的畫。

「茜，這個幫忙拿一下。」

千尋從椅子上下來，翻過裱框畫，緩緩放在長桌上，解開背板扣，取下背板——

兩人屏住了呼吸。

❀

「……我完全沒注意到。」

眞琴喃喃說道，語聲顯得格外響亮。貨運電梯比一般電梯更大，但較爲昏暗，總給人一種死寂的感覺，讓人不太自在。明明已經抵達一樓，千尋卻還不肯放自己離開的樣子。眞琴想盡早離開這裡。

「因爲我和茜費了不少工夫，以免被妳們察覺。一聽到妳要以維納斯像出展，我馬上就想到妳打算替換成那副畫。接下來，每週一我都會確認東西是否還在那幅裱框畫裡，一發現畫不見，就把打包好的畫，替換成維納斯像的素描……根本沒那個心思準備考試。」

「不用搞得這麼麻煩，只要在發現當下，直接把畫丟掉不就好了。」

「這麼做的話，以妳的個性來說，一定會重新畫一幅，或是思考別的方法吧。只有這點，我無論如何都想阻止。」

「爲什麼？」

「我被妳姊姊拜託了。」

千尋按下開門按鈕，說了「快點出去吧」，便拉著眞琴的手臂往外走。突然一片光明的視野中——出現了惠美的身影。

「姊姊！」

眞琴好久沒看到姊姊離開家門，而且還是獨自一人，出現在她想必不想再看到的宿舍附近。驚訝和喜悅讓眞琴感到難以呼吸。

「對不起，小眞，我一直瞞著妳。」

從惠美眼中，落下一顆顆淚珠。別哭，眞琴在心中祈願，拜託妳不要哭。

「……我是眞的不會畫畫。明明大家都愈來愈進步，只有我毫無成長。不論早上、中午，甚至放學後，我都窩在美術教室，卻還是不行，結果我就變得討厭畫圖。可是我是靠推薦入學進來的，沒辦法像一般學生，直接轉到普通科。更重要的是我覺得這樣太丟人。我討厭半途而廢，最後都是賭一口氣硬撐。我不想被嘲笑，只是這樣而已。」

眼皮和喉嚨都一陣灼燙難受，眞琴過了一會，才發現自己正在哭。

「但是石橋老師告訴我，如果變得討厭畫畫，不用再畫下去也無所謂。人生又不是只有畫畫，這也沒什麼大不了。只是他要我好好想清楚，自己究竟是討厭畫畫，還是因爲現在畫不出來，所以想逃避而已。」

眞琴難掩驚訝，她想都沒想過石橋會說這種話。他明明每天都用一副「不會畫畫的人都是廢物」的口吻，來挑釁刺激大家。

「很意外嗎?我當時也很吃驚。因爲其他美術老師都只會跟我說：『接下來會更進步』、『和一年級時相比，已經好很多了』之類，這些要我繼續努力的話。但我想石橋老師注意到，我是眞的已經對畫畫產生抗拒，而且也知道我是推薦入學，處於進退兩難的狀態。妳看看這個。」

惠美將一張照片遞給眞琴。照片上是兩張石膏素描，兩張都是同一個主題，但是一張十分拙劣，另一張則是連眞琴都想當參考的傑作。

「這是同一個人的素描作品，是石橋老師給我的。一張是在二年級的夏天，另一張則是在接近考前的時候畫的。對方是石橋老師的學生當中畫得最爛，同時也是進步最大的人。石橋老師說，只要有心就能做到這種程度。我身上還有可能性，只要我眞的有心走這條路，石橋老師願意一路指導到最後。然後他告訴我，要我休息一下，試著讓自己暫時不碰畫畫這件事，所以我才休學了。一開始我不安得不得了，心想在我休息的期間，大家都畫得愈來愈好，愈來愈進步……不過過了一年，我完全沒有想拿起畫筆的想法。」

惠美笑了起來，臉頰上的淚痕閃閃發亮。

「我喜歡看插圖、看畫冊、看動畫、看雕刻。我會覺得這些作品表現得眞好，但我自己絕對做不到。我不想再回到那個美術教室了，我很清楚沒辦法變得像大家一樣。」

「……眞的嗎？」

眞琴第一次出聲詢問姊姊。她一直想問出口，想知道姊姊眞的不後悔嗎？眞的這樣就好嗎？眞的不恨石橋嗎？

「眞的唷。當然，說不定我會出於好玩，萌生想畫畫的想法，也說不定我會因爲自己畫得太差而失笑，爲了比不上別人而感到難過。不過我已經不再想著要上大學學畫，或是靠畫畫過活了，這一點千眞萬確。」

「姊姊接下來打算怎麼辦？」

「我還不知道。一直以來，我都只想著畫畫的事情，所以老實說，我現在還沒半點頭緒。不過我打算轉到普通科，學習數學或國文之類的，為考試做準備，再上個大學。我想在這個過程中，摸索答案。唯一肯定的就是答案不會是畫畫。」

與神清氣爽的惠美相反，眞琴只覺得心臟彷彿要被壓扁。放棄畫畫這個念頭，眞琴連想都不願意想。在她來說，這痛得宛如交出自己身體一部分。

「小眞，別哭嘛。」

「放棄這些，姊姊難道不難受嗎？」

「……難受呀。這麼做就等於承認自己做不到，眞的很難受。不過不這麼做的話，我就沒辦法繼續前進了。」

姊姊突然垂下眉毛，皺起臉蛋。

「小眞，就算我放棄畫畫，也能不要討厭我嗎？」

「我怎麼可能討厭姊姊！我一直想要變得像姊姊那樣，成為和姊姊一樣，什麼都做得到，個性又成熟的人。」

「妳在說什麼，小眞才是吧？小眞才總是被朋友圍繞，充滿自信，不管做什麼都得心應手。我才想變得像小眞一樣呢。」

「不論是平假名還是數字，都是姊姊先學起來嘛。」

「那是當然，我年紀比妳大兩歲啊。」

「……是這麼一回事嗎。」

「就是這麼一回事，小眞也太好笑了。」

惠美面露微笑，看起來完全沒有一年前無力的感覺。

「不過眞是太好了，不會被小眞討厭……唯獨這件事，讓我擔心得不得了。」

眞琴這才發覺，自己義憤塡膺地對石橋宣言復仇的舉動，根本就是自作多情，多管閒事。可以的話，她眞想將這一切從記憶中刪除。

日向子說不定也是同樣情形。

想來她根本不需要眞琴爲了她和周圍的人起衝突，批評石橋，試著改變情況。

日向子經過思考後做出了決定，自己當初要是能好好接受就好了。只要陪在她身邊，想必就已足夠了。

「星野同學。」

千尋笑著看向惠美……這兩人什麼時候關係這麼好了？眞琴一愣一愣地望著兩人。

「我今天帶了妳上次借我的傘，但我忘在上面了。我可以下次再還妳嗎？在學校見面的時候。」

聽到千尋這麼說，惠美頓時破涕爲笑。謝謝，她拉起千尋的手，低聲說道。看到自己一直想要拯救的姊姊，竟然如此輕而易舉地被千尋拯救，讓眞琴對千尋無比嫉妒。她心知自己就是無法做到。眞琴心想，像千尋這樣的人，一定就是所謂堅強的人。

❀

「……妳爲什麼不生氣？」

櫻子說出一切，內容包括母親至今爲止對自己的支配，自覺一輩子也無法逃離母親時的絕望，以及爲了讓母親徹底討厭自己，這次策畫的復仇大計。但這些都不過是支離破碎，根本不值一聽的牢騷而已。對茜傾訴一切的時候，櫻子時而上一秒大罵母親，下一秒又馬上爲她說話，或是講到一半就突然生氣落淚。櫻子自知這副模樣簡直就像小孩，但難以控制自己。

──然而茜一次也不曾移開視線。她眞摯地面對櫻子，在她筆直的雙眸中看不到半絲厭惡。注意到這點，櫻子的語氣逐漸鎭定下來，慢慢恢復了冷靜。下一秒，櫻子腦中又浮起疑問：爲什麼茜不拋棄自己呢？

「因爲櫻子學姊幫助了我。」

茜明確回答。

「但是我實際上，背地裡對妳做了很多過分的事情喔？」

即便說出一切，櫻子仍無法不懷疑茜，因爲期待太令人痛苦。如果總有一天會遭到背叛，櫻子寧可茜現在就推開她。在安心放鬆的狀態下，被人從高處推下懸崖的話，櫻子一定會無法忍受。

「……即使如此，櫻子學姊爲我做的事情拯救了我。這一點仍然不會改變。」

茜深深地吸了一口氣。

「這個房間的氣味、壁紙的顏色、小小的窗戶，以及難看的花朵圖案棉被，全都令我安心。這裡已經變成一個讓我想要回來的地方，這都是託櫻子學姊的福。所以我希望妳也能得到幸福。」

茜拉過書包，從中取出一疊信封，放在矮桌上。櫻子注視著那一疊眼熟的信封。

「我在那一刻到來之前，也會盡我所能地進行調查。眞的很謝謝櫻子學姊，告訴我還有這麼一條路。不過現在輪到櫻子學姊好好想一想了。學姊何不試試和爸爸談談，也和媽媽談談，如果還是無法得到諒解，就告訴他們，妳即使要靠獎助學金，也會走妳自己選擇的路。怎麼樣？」

爲了茜調查獎助學金制度的時候，櫻子也一邊研究，一邊爲了竟然有這麼多選項而感到吃驚。只要靠這個，自己說不定能得到自由——這樣天眞的期待也曾掠過櫻子的心頭。不過這不只是金錢方面的問題，櫻子好幾次提醒自己。

——違背母親的意思，不就等於拋棄母親嗎？

作為女兒，卻不肯站在母親這邊。和自己一點也不像。自己為了女兒，至今為止付出多少犧牲，最後卻遭到拋棄，這樣的人生到底算什麼？

母親對櫻子說過的無數話語，緊緊束縛著櫻子，不肯放她自由。櫻子愈想掙扎脫開，這些話就會深深陷進她的身體，留下新的傷痕，讓櫻子無法動彈，這樣的情形一再重複。

「……我想要照我的想法過活，但這樣不就等於拋棄母親嗎？母親的對待讓我感到痛苦、悲傷，難道不是因為我作為一個人，有什麼不足之處嗎？」

櫻子一直想要向人詢問。

自己和母親身處的狹小世界色彩太過濃烈，櫻子已經無法客觀地看待這個世界的規則。她希望由外面的人下達判決。

「讓櫻子學姊覺得悲傷的事情，櫻子學姊只要感到悲傷就好了。不管誰說什麼，悲傷的事情就是令人悲傷呀。」

茜堅定地這麼說，然後牽起櫻子的手。

「請用盡全力地逃吧。請變成不隨意任櫻子學姊母親擺布的自己。

「自己的幸福就要靠自己去爭取，幸福絕對不是少了誰就無法成立。這一點對櫻子學姊是如此，對櫻子學姊的母親也是一樣。櫻子學姊如果不幸福，那是櫻子學姊自己的責任；櫻子學姊的母親不幸福的話，那也是她自己的責任。

「……不過是櫻子學姊的話，一定能得到幸福的。」

茜的臉上揚起微笑。櫻子已不再懷疑，要相信，或者不相信，都取決於自己，而櫻子選擇相信。選擇這邊要來得幸福多了。

「對不起……謝謝妳。」

這句話出自櫻子此刻陰霾全散的真心。雖然是連小孩都知道的單純詞語，但櫻子覺得自己彷彿有生以來，第一次正確使用了這句詞語。

❀

若無其事地用完晚餐，等待熄燈時間到來的四人，悄悄溜出宿舍，趕往學校。邁開的步伐被積雪絆住，四人差點像傻子一樣揚聲大笑，她們連忙互相制止對方，但又忍不住一陣吃吃竊笑。

學校冰冷得宛如凍結。四人僅憑一支手電筒的燈光，在學校內移動。身體靠在一起時，傳來的體溫實在太過舒適，彷彿蜷縮在母親肚子裡似地令人安心。

她們用櫻子的鑰匙入侵學生會室，一鎖上房門。又是一陣竊笑聲響起。櫻子在唇前豎起手指噓了一聲，千尋敲了眞琴的頭一記，茜看到這一幕又笑了出來，讓眞琴抱怨起「那邊也在笑啊」。

「給我克制一點！快點把該做的事情辦一辦，趕快回去了！」

千尋對眞琴這麼說之後，空氣瞬間一變。面對突然安靜下來的眞琴，千尋伸手拍了拍她的頭。「好啦，我們也會幫忙的。」

眞琴踩上鋼管椅，取下千尋正拿手電筒照射的裱框畫，遞給茜。櫻子在一旁看著眾人的行動。

茜從放在地板上的裱框畫中，取出被藏在裡面的一張畫紙。

——在教室醞釀的黑暗中，櫻子的裸體隱約浮現。

宛如玻璃一般澄澈的眼睛中映著光芒，溫柔地注視著觀畫者。微微揚起的嘴角彷彿正在微笑。柔軟的雙唇之間，隱約可見白皙的貝齒。彷彿能反射光芒的黑髮滑落年輕緊緻的肌膚，勾引人的視線一路往下滑至胸前的隆起。纏繞在腰間的布料勾勒的優婉曲線，讓人對被遮掩的部分遐想翩然。

簡直就像櫻子本人站在那裡。

「難以想像這是畫……」

千尋不禁脫口而出，其中沒有半點不甘心。即使不是在手電筒的微弱燈光之下，千尋當初在放學後的充足燈光中，見到這幅畫的時候，仍舊抱著同樣的想法。當她每周一確認這幅畫是否還在的時候，千尋就被迫再次心服口服眞琴的才能。自己現在已經沒剩下半點自尊了，千尋心想。

「畫得完全不行。」

眞琴突然拋出這一句。

千尋震驚地看向她的臉，只見眞琴臉上浮現痛苦的神情。

「……這種畫根本不行。櫻子學姊比這漂亮多了。」

眞琴拾起畫紙，毫不猶豫地撕破自己的作品。事情發生得太快，千尋的大腦跟身體都來不及反應。只能一路目送眞琴撕下的紙片，宛如飛舞的羽毛一樣飄落地面。令千尋爲之心醉的完美作品，卻被眞琴如此乾脆輕易地捨棄，目睹這一幕的瞬間，千尋頓時想開了：世界上，就是有所謂的天才。千尋只希望自己能一直追趕著天才的背影。

落在地板上的畫紙，讓眞琴充滿想要馬上點火燒毀的衝動。

太低劣了。

——畫出這種作品的自己，實在太低劣了。

見到宛如剛出生姿態的櫻子時，眞琴只是單純覺得美麗。她打從心底想要表現出這一切，但她卻做出與心情背道而馳的表現。

不能畫得太美。

要畫得更猥褻。

要畫得更引人心生淫念。

要畫得讓石橋飽受指責。

從鎖骨上的痣到每一根睫毛，眞琴都如實重現，連模特兒的櫻子都覺得這幅畫和本人完全相同，簡直就像照片。

——實際上，許多地方都和本人不同。

不論是豐滿的胸部，或是魅惑的腰線，實際上的櫻子並不是這麼肉感的身材。她的身體就像運動員，脂肪與肌肉的比例絕佳，宛若少年般優美。

眞琴卻爲了自己的需求，而將自己認爲美麗的事物，刻意地不如實表現——這樣簡直就像色情照。

〈……把妳的才能用在那種事情上，實在太可惜了。〉

眞琴突然想起在那個令人窒息的電梯中，千尋對自己說的話。她實在太過溫柔。自己的所作所爲，完全値得一場痛罵。眞是敗給她了。

絕對不會再畫出這樣的作品，眞琴在心中發誓。

儘管沒人特意提出，三人自動自發地著手將眞琴撕破的畫紙撕得更碎。紙片在手電筒燈光的照射下熠然閃動。櫻子望向眞琴，探詢是否眞的要這麼做。櫻子不清楚眞琴到底在想什麼，不過她知道眞琴這麼做，一定也是爲了自己。

決定自己要爲自己負責地活下去之後，這幅畫對櫻子而言，無異於一顆炸彈。只要這幅畫存在於世上一刻，即便櫻子想要忘記，一定還會浮上心頭，讓櫻子難以安寧。儘管如此，櫻子也難以出口要求眞琴把畫撕掉。因爲畫實在畫得太好，櫻子一直理所當然地以爲眞琴即使畢業，也會想在別的地方公開這幅畫。

「把這些全部撕碎之後，我們就拿到頂樓去撒吧。一定會像雪花一樣漂亮。」

千尋突然站起身，從窗簾縫隙看向外頭，然後哇了一聲。

「怎麼了？」

櫻子也跑到她身邊，望向窗外……下雪了。在屋外燈光所及的範圍內，雪白的光粒在宛如從黑暗裁切而下的夜幕中翩然飛舞。臉頰能透過窗玻璃，感受到冰涼的空氣。外面似乎在短短時間內變冷了不少。

「快點動手吧，要是下大雪，我們就要被關在學校裡了。」

「不是我要說，不過剛才沒在做事的是妳吧。」

「什麼？妳有意見嗎？」

千尋和眞琴像是相聲一樣的對話，讓櫻子不禁笑了出來。她跟著回到茜的旁邊。

「茜也是！像那樣慢吞吞的話，我們會回不去喔。」

「我知道了啦。」

櫻子看向茜腳邊堆起的紙片，注意到她的紙片撕得比別人都細，像是要讓櫻子的擔憂盡數化爲齏粉。

櫻子下定決心，絕不會再將自己的人生託付於別人身上。

壓低聲音的同時，仍開玩笑試著炒熱氣氛的千尋，對自己的罪行深感後悔的眞琴，以及對眞琴毫無怨懟的櫻子。只要茜稍微抬起頭，就能看見這三人的臉。茜之前也曾有幾次四人一起熬夜的經驗，但第一次迎來如此安穩的時光。如果能一直持續下去就好了，茜刻意將紙片撕得更碎——好讓眼下這一刻，能多延長一分一秒。

茜想像起從頂樓撒下紙片的情景，在她的想像中，漫天的紙片不似雪花，更像飛舞的櫻花。就像她剛來到這裡，和櫻子初遇那天的櫻花一樣。在溫暖的日光下，讓人心生即便發生壞事，也總有辦法解決的想法。再過不久，那樣的季節就會來訪。

櫻子今後會怎麼做呢？她可能會拿到獎學金，前往這裡以外的地方。如此一來，這幾個月以來，理所當然般的日子就會結束。

不過茜轉念一想：接下來就輪到我了。

春天會有學妹入學，到了下一個春天，就輪到自己當「母親」。總有一天，茜離開這裡，踏上旅程的日子也會到來。

儘管令人不捨，但也並非壞事——如今的茜已經能這麼想了。

她對自己重複當初對櫻子說過的話。

——自己的幸福就要靠自己去爭取，幸福絕對不是少了誰就無法成立。

即使母親不在，即使對孫女視若無睹的外公不在，即使對年輕感到眼紅的外婆不在，自己也像眼下此刻一樣，得到了三名友人。今後的自己也會像這樣，透過自己的手去追尋，並不斷重複。

「好了，差不多該動身了。」

千尋一聲令下，四人將散落的紙片聚在一起，用攤開的針織外套兜起來，抱在懷中。

「這樣大家就都是共犯了。」

櫻子的玩笑讓大家揚起笑聲，四人走出房間。從美術教室踏入頂樓，結束一切後，大家就會一起回房間，鑽進溫暖的被窩，然後一路沉睡到點名時間，展開新的一日。明天非常幸運地恰好是週日。

即使離開這裡，也希望大家能一直當朋友。

茜在心中如此祈願。

NIL 36／朋友未遂

原著書名／友達未遂
原出版者／講談社
作　者／宮西眞冬
翻　譯／鍾雨璇
責任編輯／詹凱婷
編輯總監／劉麗眞
總 經 理／陳逸瑛
榮譽社長／詹宏志
發 行 人／涂玉雲
出 版 社／獨步文化
城邦文化事業股份有限公司
104台北市中山區民生東路二段141號5樓
電話：(02) 2500-7696　傳眞：(02) 2500-1967
發　行／英屬蓋曼群島商家庭傳媒股份有限公司
城邦分公司
104 台北市中山區民生東路二段141號2樓
網址／www.cite.com.tw
讀者服務專線／(02) 2500-7718；2500-7719
服務時間／週一至週五：09：30～12：00　13：30～17：00
24小時傳眞服務／(02) 2500-1900；2500-1991
讀者服務信箱E-mail／service@readingclub.com.tw
劃撥帳號／19863813
戶名／書虫股份有限公司
香港發行所／城邦（香港）出版集團有限公司
香港灣仔駱克道193號1樓東超商業中心
電話／(852) 2508-6231　傳眞／(852) 2578-9337
E-mail／hkcite@biznetvigator.com
馬新發行所／城邦（馬新）出版集團
Cite (M) Sdn Bhd
41, Jalan Radin Anum, Bandar Baru Sri Petaling,
57000 Kuala Lumpur, Malaysia.
Tel: (603) 90578822
Fax:(603) 90576622
email:cite@cite.com.my
封面設計／萬亞雰
封面插畫／SUI
排　版／游淑萍
印　刷／中原造像股份有限公司
●2021年1月
●2022年11月14日初版3刷
售價360元
TOMODACHI MISUI

Original Japanese edition published by KODANSHA LTD.
Traditional Chinese publishing rights arranged with KODANSHA LTD.

ISBN 978-986-99810-0-2

國家圖書館出版品預行編目資料

朋友未遂／宮西眞冬著；鍾雨璇譯．–初版．
– 台北市：獨步文化，城邦文化出版：家庭傳媒城邦分公司發行，民110.01
面；公分. --（NIL；36）
譯自：友達未遂
ISBN 978-986-99810-0-2（平裝）
861.57　　109005016

獨步文化
APEX PRESS

廣　告　回　函
北區郵政管理登記證
台北廣字第000791號
郵資已付，免貼郵票

104台北市民生東路二段 141 號 2 樓

英屬蓋曼群島商家庭傳媒股份有限公司

城邦分公司

請沿虛線對摺，謝謝！

獨步文化
APEX PRESS

書號： 1UY036	**書名：** 朋友未遂	**編碼：**

請於此處用膠水黏貼

獨步文化 APEX PRESS

讀者回函卡

謝謝您購買我們出版的書籍！

請費心填寫此回函卡，我們將不定期寄上城邦集團最新的出版訊息。

姓名：＿＿＿＿＿＿＿＿ 性別：□男 □女

生日：西元＿＿＿＿年＿＿＿＿月＿＿＿＿日

地址：＿＿＿＿＿＿＿＿

聯絡電話：＿＿＿＿＿＿＿＿ 傳真：＿＿＿＿＿＿＿＿

E-mail：＿＿＿＿＿＿＿＿

學歷：□1.小學 □2.國中 □3.高中 □4.大專 □5.研究所以上

職業：□1.學生 □2.軍公教 □3.服務 □4.金融 □5.製造 □6.資訊

□7.傳播 □8.自由業 □9.農漁牧 □10.家管 □11.退休

□12.其他＿＿＿＿＿＿＿＿

您從何種方式得知本書消息？

□1.書店 □2.網路 □3.報紙 □4.雜誌 □5.廣播 □6.電視

□7.親友推薦 □8.其他＿＿＿＿＿＿＿＿

您通常以何種方式購書？

□1.書店 □2.網路 □3.傳真訂購 □4.郵局劃撥 □5.其他

您喜歡閱讀哪些類別的書籍？

□1.財經商業 □2.自然科學 □3.歷史 □4.法律 □5.文學

□6.休閒旅遊 □7.小說 □8.人物傳記 □9.生活、勵志 □10.其他

對我們的建議：＿＿＿＿＿＿＿＿

＿＿＿＿＿＿＿＿

＿＿＿＿＿＿＿＿

為提供訂購、行銷、客戶管理或其他合於營業登記項目或章程所定業務需要之目的，家庭傳媒集團（即英屬蓋曼群島商家庭傳媒股份有限公司城邦分公司、城邦文化事業股份有限公司、書虫股份有限公司、墨刻出版股份有限公司、城邦原創股份有限公司），於本集團之營運期間及地區內，將以mail、傳真、電話、簡訊、郵寄或其他公告方式利用您提供之資料（資料類別：C001、C002、C003、C011等）。利用對象除本集團外，亦可能包括相關服務的協力機構。如您有依個資法第三條或其他需服務之處，得洽詢本公司服務信箱cite_apexpress@cite.com.tw請求協助。相關資料不提供亦不影響您的權益。

□我已詳讀權利義務之相關條款，並同意遵守。

請於此處用膠水黏貼